Märchen aus Ungarn. In den ungarischen Märchen *(mese)* treffen sich westeuropäische Motive mit östlichen Zaubermärchen und deren schamanistischen Traditionen, slawische Elemente mit finno-ugrischen.
Dies erklärt auch den Formenreichtum dieser Märchen sowie ihre, bei aller Wundergläubigkeit, realistischen Züge. Durch Herkunft und Erzähler ist das ungarische Märchen – und damit steht es dem mitteleuropäischen Märchen nahe – mit der Welt der ungarischen Bauern und Hirten verbunden; selbst das Leben am königlichen Hof gleicht letztlich mehr dem auf dem Hof eines Großbauern als in einem glänzenden Palast.
Gesammelt und aufgezeichnet wurden ungarische Märchen, wie in vielen europäischen Ländern auch, erstmals in der ersten Hälfte des 19. Jahrhunderts. Erwähnung verdient in diesem Zusammenhang der Umstand, daß die ersten beiden großen Sammlungen ungarischer Volksmärchen, die des Wiener Bibliothekars Gáal (1822) und die des Grafen Mailáth (1825), jeweils zuerst in deutscher Sprache erschienen.

Leander Petzoldt ist Professor an der Universität Innsbruck und Direktor des Instituts für Europäische Ethnologie. Sein Spezialgebiet ist die vergleichende Erzählforschung. Zahlreiche Publikationen zur Erzählforschung, Germanistik und Volkskunde. Mitarbeit an Lexika, Sammelwerken, Handbüchern, Lesebucheditionen sowie Rundfunkvorträge und Filmdokumentationen. 1989 wurde er mit dem ›Premio Pitré‹ (International Prize for Ethnoanthropological Studies) ausgezeichnet.
In der Reihe ›Märchen der Welt‹ im Fischer Taschenbuch Verlag hat Leander Petzoldt außerdem die Sammlungen ›Märchen aus Österreich‹ (Bd. 11064), ›Märchen von Tieren‹ (Bd. 11943) und ›Musikmärchen‹ (Bd. 12463) herausgegeben. Ein Band mit ›Balkan-Märchen‹ wird demnächst erscheinen.

Märchen aus Ungarn

Herausgegeben
und mit einem Nachwort
von Leander Petzoldt

Fischer
Taschenbuch
Verlag

Originalausgabe
Veröffentlicht im Fischer Taschenbuch Verlag GmbH,
Frankfurt am Main, März 1995

Satz: Fotosatz Otto Gutfreund GmbH, Darmstadt
Druck und Bindung: Clausen & Bosse, Leck
Printed in Germany
ISBN 3-596-12063-2

Gedruckt auf chlor- und säurefreiem Papier

Inhaltsverzeichnis

Der Erbsenfinder

Ein Junge fand einmal eine Erbse. Das ist freilich nichts Besonderes; aber unser Junge glaubte doch, jetzt sei er weiß Gott wie reich und es könne ihm an nichts mehr fehlen. Denn wenn er jetzt die Erbse säe, könne er in einem Jahre eine Maß, über zwei Jahre einen Kübel, über drei Jahre hundert Kübel, über vier Jahre tausend Kübel und so immer mehr und mehr davon haben.

Aber, fiel ihm ein, wohin sollte er dann seinen ganzen Reichtum schütten? Da wollte er doch gleich zum König gehen und ihn bitten, ihm tausend Säcke zu leihen.

Gedacht, getan. Der König hörte die Bitte des munteren Jungen freundlich an und fragte ihn ganz erstaunt, wozu er denn so viele Säcke brauche.

»Für meine Erbsen«, erwiderte der Junge keck und frohgemut.

Da dachte der König, der Junge müsse doch gewaltig reich sein, wenn er so viele Säcke brauche, und da er auch ein so frisches und hübsches Gesicht hatte und von schöner, schlanker Gestalt war, hätte er ihn gar nicht ungern zum Schwiegersohn gemacht, denn er hatte ein anmutiges Töchterlein, das schon in den richtigen Jahren stand, einen schmucken Bewerber zu erhören.

Doch er wollte nichts übereilen. So wies denn der König unserm Bauernjungen zunächst ein Lager von Stroh an, damit er darauf der Ruhe pflege. Er wollte ihn nämlich prüfen; denn er hatte gehört, wenn das Stroh unter einem Darauﬂiegenden immerfort raschle und rausche, und der Schläfer im Stroh keine Ruhe finde, so sei dies

ein sicheres Zeichen, daß der ins Stroh Gebettete nicht arm sei.
Daher wies er einen Knecht an, bei der Tür zu lauschen, ob das Stroh, auf dem der Knabe lag, raschle.
Das war aber der Fall, denn unser Junge hatte im Stroh seine Erbse verloren. Deshalb warf er es durcheinander, daß des Raschelns und Rauschens kein Ende war. Als dies dem König berichtet wurde, war er darüber herzlich froh; denn nun zweifelte er nicht mehr, daß der hübsche Junge sehr reich sein müsse.
Deshalb sagte er am nächsten Tag zu ihm: »Wenn du nichts dagegen hast, so will ich dir meine Tochter zur Frau geben.« Ihr könnt euch nun wohl denken, daß der gute Junge nichts dagegen hatte, sondern gleich herzhaft einschlug, als ihm der König seine Hand entgegenstreckte.
So wurde denn Hochzeit gefeiert, und die nächsten Tage verflossen in eitel Jubel und Lust.
Als aber der König, nachdem die Festlichkeiten verrauscht waren, unsern Hans zur Seite nahm und ihm sagte: »Nun will ich aber einspannen lassen, damit wir zu deinem Schloß fahren und du uns alle deine Schätze zeigst«, da wurde es unserm Hans doch ein wenig bang, obwohl er sich nichts davon merken ließ, sondern ein frohes Gesicht dazu machte.
So wurde denn die goldene Königskarosse eingespannt. Der junge Prinz mußte sich zum alten König setzen, und fort ging es im munteren Trab der vier Rößlein hinaus vor die Stadt und in den Wald.
Auf die Frage des Königs nach der Richtung, in der das Schloß seines Schwiegersohns gelegen sei, machte dieser eine möglichst unschuldige Miene und deutete ganz keck nach Norden; denn eigentlich war ihm ja alles eins, weil er weder im Norden noch im Süden oder Westen und Osten ein Schloß sein eigen nannte.
Aber je länger man so dahinfuhr und je öfter der König

fragte, wie weit es wohl noch bis zu dem Schloß sei, desto unruhiger rückte Hans auf seinem Sitz hin und her. Endlich hielt er's nicht länger aus; er sagte zum König, er müßte nur geschwind mit einem nahen Förster ein Wörtlein reden; er werde im Augenblick zurück sein. Und er sprang aus dem Wagen und lief, so schnell er konnte, waldeinwärts, in steter Furcht, der Wagen des Königs werde ihm folgen.

Auf einmal hielt ihn jemand beim Rockzipfel fest und fragte ihn, wohin er denn so laufe. Junker Hans entgegnete rasch, er müsse seinem Schwiegervater und seiner Frau, der jungen Königstochter, davonlaufen, denn er solle sie in sein Schloß führen und er habe doch keines und sei ein armer Bauernjunge.

»Wenn's so ist«, meinte der Fremde und lächelte ganz so höhnisch, wie der Teufel zu lächeln pflegt, »so brauchst du nicht davonzulaufen. Siehst du in der Ferne zwischen den Bäumen das Schloß? Das gehört dir und neun Schweine noch dazu. Nur eine Bedingung stelle ich: Wenn ich nach sieben Jahren wiederkomme und dir neun Fragen vorlege und du bleibst mir nur auf eine einzige die Antwort schuldig, so gehörst du mir mit Haut und Haaren, wie du bist. Ist's dir recht?«

Unser Junker sagte nicht nein, denn er hatte Eile, und das Schloß in der Ferne nahm sich recht stattlich aus.

Der Fremde verschwand, und Hans lief eiligst zum Wagen zurück, wo der König und sein Töchterlein schon recht ungeduldig warteten und den Junker nicht eben freundlich empfingen.

Aber ihre Laune wurde rasch wieder besser, als man nun in das Schloß einfuhr, dessen Zinnen im Abendlicht glänzten und dessen Gemächer alle gar prächtig eingerichtet waren.

So lebte denn Hans mit seiner jungen Frau herrlich und in Freuden in dem schönen Schloß. Je näher aber das Ende

des siebenten Jahres heranrückte, desto übler wurde es Hansen zumute, und als er so an einem Winterabend recht traurig durch den Garten ging und seine üble Lage bedachte, stand plötzlich ein altes Männlein vor ihm und fragte ihn freundlich, warum er wohl so in Gedanken sei.
Da faßte Hans Vertrauen und erzählte dem Alten ganz genau, wie es um ihn stehe und was ihn erwarte. Da meinte der Graue: »Fasse nur Mut; ich will dir schon gute Gedanken eingeben, daß du auf jede Frage die richtige Antwort findest.«
So war denn Hans getröstet, und als am letzten Jahrestage der Fremde aus dem Wald sich wirklich pünktlich einstellte, hatte Hans guten Mut und antwortete ganz keck und ohne Zaudern auf die Fragen des Teufels; denn der war es, dem er sich verschrieben hatte.
Die erste Frage aber lautete: »Was ist eins und ist viel wert?«
Prompt kam die Antwort: »Ein guter Brunnen auf dem Hof ist dem Hauswirt viel wert.«
Mit dieser Antwort war der Teufel zufrieden, und er fragte sogleich weiter: »Was ist zwei und läßt sich schwer entbehren?«
Flugs antwortete Hans: »Wer zwei gesunde Augen hat, dem steht die Welt und der Himmel offen; wer sie verliert, dem sind beide verschlossen.«
Nun fragte der Teufel, der schon ärgerlich wurde, weiter: »Was ist drei und läßt sich gut brauchen?«
Alsbald erfolgte die Antwort: »Wenn jemand eine gute dreizackige Gabel hat, so kann er gut essen und Heu machen.«
Und so ging's fort, Frage um Frage und Antwort um Antwort.
»Was ist vier und ist sehr nützlich?«
»Wer vier starke Räder am Wagen hat und vier flinke Pferde davor, kommt rasch vorwärts.«

»Was ist fünf und ist ein nützlich Ding?«
»Wer fünf Ochsen hat, kann eine große Last auf seinen Wagen aufladen; denn wenn der vierte fällt, kann er den fünften einspannen.«
»Was ist sechs und macht glücklich?«
»Wer sechs Joch Acker besitzt, hat ein gutes Einkommen und braucht nicht betteln zu gehen.«
»Was ist sieben und ist was recht Gutes?«
»Wer sieben tüchtige Söhne hat, kann alle Arbeit im Jahr bestellen und sich dessen freuen.«
»Was ist acht und macht was Rechtes aus?«
»Acht Mädchen geben eine rechte Gesellschaft.«
Nun wurde der Teufel ganz wütend, denn er hatte sich niemals solcher klugen Antworten versehen.
»Warte nur«, sagte er, »nun kommt noch die neunte Frage, und wenn du darauf keine Antwort weißt, mußt du mit mir; es hilft dir kein Sträuben und Zappeln. Also, was ist neun und ist gleichfalls was Gutes?«
Da lachte Hans und sagte: »Die neun Schweine im Stall, die du mir versprochen hast, sind was Gutes, nicht wahr? Und die sind nun mein und das Schloß auch dazu.«
Da mußte der Teufel wohl oder übel Fersengeld nehmen, und Hans hatte nun Ruhe vor ihm und lebte mit der Königstochter in Glück und Frieden, und nach dem Tode seines Schwiegervaters wurde er sogar noch König.
Und alles nur durch eine Erbse, die er einst auf der Straße gefunden hatte. Ja, man soll kein Ding gering achten, mag es auch noch so klein und unscheinbar sein. Wer weiß, wozu es einst gut ist. Vielleicht wird man gar König wie unser Hans.

Die sechs Drachen

Wo war's – wo war's nicht? Weit über dem Operenzmeere war einmal ein König, der hatte drei Söhne und drei Töchter. Der König war sehr alt und stand schon mit einem Fuße im Grabe. Wie er nun nahe am Sterben war, ließ er seine Söhne rufen und sagte zu ihnen: »Hört, meine Söhne! Eure Schwestern müßt ihr dem ersten geben, der um sie anhält. Wenn ihr im Walde jagt, hütet euch vor dem großen Pappelbaum, und wenn ihr euch in der Nacht einmal dort verspätet, so geht nie und legt euch drunter schlafen.« Nicht lange drauf starb der alte König, und das Königreich kam an seinen jüngsten Sohn.

Einmal am Abend, wie sie alle zusammen beim Abendessen saßen, sagte jemand am Fenster: »Gebt mir doch eure älteste Schwester!« Die Söhne wollten dem Befehl ihres Vaters gehorsam sein und gaben sie ihm gleich durchs Fenster. Tags darauf um dieselbe Zeit forderte jemand die mittlere Tochter, die gaben sie dem auch. Am dritten Abend forderte wieder eine Stimme die jüngste, auch die steckten sie ihm zum Fenster hinaus. So waren nun die drei Königssöhne ganz allein.

Einmal gingen sie in dem Wald jagen, und wie es Abend wurde, waren sie zufällig grade unter dem Baum, den ihnen ihr Vater verboten hatte. Seine Warnung fiel ihnen wohl ein, aber sie wollten doch auch gern wissen, warum er's ihnen verboten hatte. Sie legten sich also drunter schlafen, weil sie so müde waren, und der älteste Königssohn hielt Wache. Ein großes Feuer brannte, und er legte tüchtig nach; auf einmal merkt er, daß etwas an dem Feuer frißt und es nach und nach verzehrt. Wie er näher zusieht, sieht er, daß es ein großer Drache mit drei Köpfen ist. Gleich geht er mit dem Säbel auf ihn los, sie kämpfen eine Weile, am Ende aber besiegt er den Drachen, gräbt ihm eine Grube unter dem Baum und begräbt ihn darin. Als es wieder Tag wurde, standen die beiden jüngeren Brüder auf, aber von der Nachtgeschichte wußten sie nichts, und ihr großer Bruder sagte ihnen auch kein Wort davon.

Nach einiger Zeit gingen sie wieder in den Wald jagen und legten sich für die Nacht auch wieder unter den Baum. Diesmal wachte der mittlere Sohn, weil die andern schliefen. Auf einmal, wie er so mit gezogenem Säbel unter dem Baum auf und ab geht, merkt er, daß etwas am Feuer frißt und es verzehrt; wie er näher hinsieht, sieht er, daß es ein sechsköpfiger Drache ist. Gleich haut er mit dem Säbel nach ihm, lange kämpfen die beiden, aber am Ende tötete der Königssohn auch den Drachen und begrub ihn unter dem Baum. Am Morgen standen die andern Brüder auf, aber von dem, was in der Nacht geschehen war, wußten sie nichts.

Wieder übernachteten sie einmal unter dem Baum, da blieb der Jüngste Wache stehen. Weil er so mit blankem Säbel auf und ab geht, sieht er auf einmal, daß etwas am Feuer frißt und es verzehrt; diesmal merkt er's aber erst, wie schon alles verzehrt war. Wie er genauer zusieht, sieht er, daß es ein neunköpfiger Drache ist. Wieder haut er gleich mit dem Säbel nach ihm, und sie kämpfen lange miteinander; zuletzt wird auch der Drache vom Königssohn besiegt und wie die vorigen unter dem Baum begraben.

Nun dachte der Königssohn aber gleich daran, wo er ein bißchen Feuer herkriegen könnte, und ging in den Wald suchen, wo er ein bißchen fände. Auf einmal sieht er ein kleines Licht flimmern; er geht also drauf zu, da sieht er, wie die Nacht sich mit der Morgenröte balgt. Da fragt er, warum sie sich balgten.

»Darum«, sagt die Morgenröte, »weil ich schon aufgehen möchte, die Nacht will's aber nicht haben.« Da schnitt der Königssohn seine Hosenbundschnur auseinander und band sie jede an einen Baum. Nun ging er und nahm das kleine Licht, aber bis er dahin gekommen war, wo seine Brüder schliefen, war's wieder ausgegangen. Nun mußt' er sich noch einmal Licht suchen. So wandert er ohne Rast und Ruh durch den Wald: Auf einmal sieht er einen Fleck, da flackert ein gewaltiges Feuer himmelhoch.

Wie er hinkommt, sieht er drei Riesen um das Feuer liegen und schlafen. Zwischen denen geht er grade durch und faßt einen tüchtigen Feuerbrand; wie er aber umkehrt, da fällt dem einen Riesen ein brennendes Stück auf den Rücken. Der packt gleich den Königssohn und sagt zu dem zweiten Riesen: »Du, guck mal her, da hab ich 'ne Mücke gefangen!«

Sagt der andere: »Tu ihr nichts, das ist ja der kleine Königssohn; was sollen wir mit dem machen?«

Sagt der dritte: »Braten wollen wir ihn, braten und auffressen!«

Nun bat sie der Königssohn, sie möchten ihm doch nichts tun.

»Na!« sagt einer von den Riesen. »Wir wollen dir nichts tun, wenn du tust, was wir von dir verlangen.«

Der Königssohn versprach ihnen Gold und Gut, wenn sie ihn nur losließen. Sagt der größte Riese zu ihm: »Na hör' einmal, der und der König hat drei Töchter; wir haben sie uns schon holen wollen, aber das ging nicht, denn da waren ein Hähnchen und ein Hündchen, die wittern gleich alles Fremde und melden es; wenn du uns nun die drei Königstöchter holst oder das Hähnchen und das Hündchen totschlägst, dann kannst du gehen, wo du hinwillst.«

Sagt der Königssohn: »Gut, das will ich tun; gebt mir nur einen Knäuel Bindfaden, das Ende laß ich hier, das muß einer von euch in die Hand nehmen; wenn ich dann den Faden anziehe, so kommt mir zu Hilfe.«

Nun ging der Königssohn fort ohne Rast und Ruh und war schon nahe an der Burg, da kam er an ein Wasser und wußte gar nicht, wie er drüberkommen sollte. Gleich zog er den Bindfaden an und gleich war auch einer von den Riesen da, der warf eine Eiche übers Wasser, da konnte der Königssohn hinüber.

Nun ging er ins Schloß; Hähnchen und Hündchen spürten nichts von ihm, weil der Wind grade entgegenwehte. Zuerst ging er in die Schlafkammer der ältesten Königstochter; da sah er sie auf einem kupfernen Bett liegen. Gleich zog er ihr den goldenen Ring vom Finger und steckte ihn an seinen. Weiter ging er in die nächste Kammer, da sah er die mittlere Königstochter auf einem silbernen Sofa liegen. Auch der nahm er den goldenen Ring und steckte ihn an seinen Finger. Nun ging er in die dritte Kammer, da sah er die jüngste und schönste Königstochter auf einem goldenen Sofa liegen. Auch der zog er den goldenen Ring vom Finger, aber er gewann sie auch zugleich sehr lieb, weil sie so schön war, und dachte gleich daran, wie er die Riesen umbringen könnte.

Er zog also den Bindfaden an, und gleich war auch ein Riese da und trat in das Haus. Nun war die Tür für seine Größe viel zu niedrig, so daß er sich bücken und den Kopf vorbiegen mußte. Den schlug ihm nun der Königssohn auf der Stelle so ab, als hätt' er nie einen gehabt; seinen Leib aber schleppte er in einen Winkel. Nun zog er wieder den Bindfaden, da kam der zweite Riese, der bückte den Kopf ebenso, gleich schlug der Königssohn ihm den ab, ihn selber schleppte er in den Winkel neben den ersten. Zum dritten Mal zog er den Bindfaden, da kam der dritte Riese; auch mit dem macht' er's so, wie mit den andern.

Was sollte er aber jetzt machen? Auf einmal fiel ihm ein, daß er Morgenröte und Nacht nebeneinander an einen

Baum gebunden hatte; auf der Stelle lief er hin und band sie los, gleich wurd' es auch Tag. Dann ging er wieder unter den großen Baum, wo seine Brüder schliefen, und weckte sie. Da sagte der älteste Bruder: »Potztausend, Brüderchen, war das eine lange Nacht!«

»Ja«, sagte der kleine Königssohn, »gehörig lange, lieber Bruder!« Nun machten sie sich zusammen auf und gingen ohne Rast und Ruh, bis sie daheim waren.
Einmal sagte der kleine Königssohn zu den beiden älteren Brüdern: »Kommt, wir wollen uns Frauen suchen; ich weiß drei schöne Königstöchter.« Nun wanderten die drei ohne Rast und Ruh durch sieben und abersieben Länder, noch übers Operenzmeer. Da fanden sie eine Stadt, in der wohnten die drei Königstöchter.
Sagt der kleinste Sohn zu seinen beiden Brüdern: »Bleibt hier, ich will hinein und um die drei Königstöchter werben.« Seine Brüder blieben auch da, und er ging hinein; er war schon bis zum Schloßtor gekommen, wo der König wohnte. Da stand auf einmal ein Mann vor ihm und fragte ihn, wo er hinwollte. Er sagte: »Zum König; ich will für uns drei um seine drei Töchter werben.«
»Das ist nicht eher erlaubt«, sagte jener, »als bis er auf die Pauke hier geschlagen hat; und wenn er auf das, wonach sie fragt, nicht Antwort geben kann, so muß er sterben, wenn er auch tausend Seelen hat.«
Da schlug er drauf, sie fragte ihn allerlei über die Riesen, die er getötet hatte, und da antwortete er Wort für Wort auf die Fragen und bekannte auch, daß er sie erlegt hatte.
Da sagte der König zu ihm: »Wähle unter meinen Töchtern.« Gleich rief er die andern Brüder dazu, und so nahmen die drei die drei Königstöchter, natürlich kam auf ihn die jüngste; und da hielten sie eine so große Hochzeit,

daß die braune Bratenbrühe von Lützelburg bis Michelburg floß. Der Vater der Mädchen hatte keinen Sohn, und darum übergab er das Königreich seinem jüngsten Eidam; aber er bat sich aus, daß sie zusammen wohnen möchten.

Nun wollte der kleine Königssohn einmal in das Königreich, das ihm sein Vater hinterlassen hatte, aber seine Gemahlin wollte er auch mitnehmen. Der alte König sagte: »Nimm sie nicht mit, mein Sohn, denn du behältst sie nur so lange, bis du an die Grenze kommst, da rauben sie sie dir den Augenblick.« Aber seine Gemahlin hatte doch auch große Lust, und so reiste sie doch mit ihm, und es begleiteten ihn wohl vierzig riesige Krieger. Auf einmal, wie sie über die Grenze gingen, rissen sie ihm die Königin so plötzlich aus der Kutsche, daß er gar nicht wußte, wie ihm geschah.

Da ging der jüngste Königssohn wieder vollends heim und sagte zu ihrem Vater: »Denk' dir, Väterchen, sie haben mir meine Königin geraubt, grade wie mir mein königlicher Vater vorausgesagt hatte; aber ich werde nicht wieder ruhig, bis ich sie gefunden habe.« So bat er denn den alten König, er möchte ihm sagen, in was für ein Land sie seine Tochter wohl gebracht haben könnten. Der sagte aber: »Frage nur nach dem weißen Lande; wenn du sie da nicht findest, dann siehst du sie gewiß nicht wieder.«

So machte er sich denn auf den Weg und wanderte durch sieben und abersieben Länder; auf einmal kommt er an ein Schloß; er geht hinein, da findet er seine älteste Schwester, die fragt er: »Wohnst du denn hier?«

»Ja freilich«, sagte die; »mein Mann ist ein vierköpfiger Drache, mit dem leb' ich, wie's halt geht.«

Auf einmal kommt der Drache zu ihnen herein und sagt: »Grüß dich Gott, Schwager; wo willst du denn hin?«

»Ja, ich suche das Weißland auf; kann mir der Herr Schwager nicht sagen, wie weit's dahin ist?«

»Ich wahrhaftig nicht«, sagte der Drache; »es müßte denn unter meinen Tieren eines davon was wissen.« Da rief er alle seine Tiere zusammen, aber keins hatte von Weißland auch nur gehört.

Da macht sich der Königssohn wieder auf den Weg und wandert ohne Rast und Ruh durch sieben und abersieben Länder; auf einmal kommt er an ein Schloß, er geht hinein, da trifft er seine zweite Schwester, deren Mann war ein achtköpfiger Drache. Fragt ihn der Schwager, wo er hinwolle. »Ja, Schwager«, sagte der Königssohn, »ich möchte gerne nach Weißland, wenn ich's nur finden könnte; weißt du nichts davon?«

»Ich wahrhaftig nicht«, sagte der Drache; »es müßte denn unter meinen Tieren eins davon was wissen.« Gleich ruft er seine Tiere zusammen und fragt sie, ob sie Weißland nicht kennten, wie weit's bis dahin wäre. Aber die sagten alle, sie hätten nicht einmal den Namen gehört.

Da macht sich der Königssohn sehr betrübt wieder auf den Weg und wandert weiter durch sieben und abersieben Länder. Auf einmal kommt er wieder an ein Schloß; er geht hinein, da sieht er seine jüngste Schwester sitzen, die noch jünger war wie er selber. Sie weinte und las in einem Buch; ihr Gatte war ein zwölfköpfiger Drache. Der fragte ihn auch: »Wo willst du hin?«

»Ja, Schwager«, antwortete der Königssohn, »ich will nach Weißland; hast du nichts davon gehört? Weißt du gar nichts davon, wie weit's ist?«

»Ich wahrhaftig nicht«, sagte der, »es müßte denn von meinen Tieren eines was davon wissen.« Er rief also seine Tiere zusammen und fragte sie, ob sie nie etwas von Weißland gehört hätten; aber alle sagten, sie hätten nie was davon gehört. Auf einmal, wie die andern Tiere schon wieder weggelaufen waren, hinkte ein lahmer Wolf heran. Den fragte der Drache auch: »Hast du nichts von Weißland gehört?«

»I freilich«, sagte der Wolf, »ich habe mir ja dort das Bein gebrochen, wie ich ein Schaf holen wollte.«
»Na gut«, sagte der Drache zu ihm, »dann führe den Königssohn hier hin, du sollst auch ein paar Schafe dafür kriegen.«
»Nein, da geh' ich nicht wieder hinein«, sagte der Wolf, »nicht um drei ganze Schafherden, höchstens bis an die Grenze begleit' ich ihn.« Da kriegte der Wolf gleich ein Schaf zum voraus, auch der Königssohn aß sich erst satt, dann wanderten sie ohne Rast und Ruh durch sieben und abersieben Länder. Endlich führte der Wolf den Königssohn auf eine Bergspitze und sagte zu ihm: »Sieh, dort liegt Weißland; geh' jetzt deinen Weg, ich kehre aber nun wieder um.«
So wanderte der Königssohn fürbaß ohne Rast und Ruh; endlich kommt er an eine kleine Quelle vor einer großen Stadt; da setzt' er sich ein wenig hin. Das Wasser aus der Quelle aber machte jeden, der draus trank, auf der Stelle wieder ganz frisch. Auf einmal, wie er so dasitzt, sieht er seine Gemahlin mit einem kleinen goldenen Krug zu der Quelle kommen. Sie erkannten sich auf der Stelle wieder, umarmten sich und küßten sich. »Sieh, liebe Frau«, sagte der Königssohn, »ich bin nur um deinetwegen gekommen, um dich zu befreien.«
»Ja, aber wie das gehen soll, weiß ich wahrhaftig nicht«, sagte die Königin, »denn der weiße Ritter, der mich dir geraubt hat und bei dem ich jetzt noch bin, hat ein Pferd, das läuft so geschwind wie der Gedanke; und wenn ich mit dir fliehen wollte, so würde er uns ganz gewiß einholen, und dann ging's uns allen beiden an den Kopf. Aber das kann ich dir jetzt sagen: Geh nur dahin, da ist eine alte Frau, die hat drei Stuten, das sind ihre eigenen Töchter; verdinge dich bei ihr als Kutscher, aber fordere keinen andern Lohn als erstens ein kleines Fohlen, dann einen alten Sattel, der liegt auf dem Oberboden und ist ganz voll Hühnermist,

und drittens einen Zaum; wenn das Fohlen ausgewachsen ist, dann kannst du mich erretten, sonst nicht; denn meines weißen Ritters Pferd ist ebendaher, darum kann's so geschwind laufen.«

So ging der Königssohn denn fort und wandert' ohne Rast und Ruh bis dahin, wo die alte Frau wohnte. Da findet er auf einmal unterwegs einen kleinen Fisch auf dem Trocknen. »Tu mich wieder in den Teich, lieber Königssohn«, bat das Fischchen, »ich will dir's auch vergelten.« Und so warf er das Fischchen wieder in den Teich; da gab es ihm dafür eine kleine Pfeife und sagte dazu: »Na, wenn du einmal in Not bist, dann blase nur auf der kleinen Pfeife, dann komm' ich dir zu Hilfe.« Der Königssohn tat das Pfeifchen in seinen Sack und wanderte fort ohne Rast und Ruh. Auf einmal findet er eine Ameise, die kämpfte mit einer Fliege. »Schütze mich, lieber Königssohn«, sagte die Ameise zu ihm, »ich will dir's auch vergelten.« Da rettete er die Ameise, und sie gab ihm auch eine kleine Pfeife; wenn er in Not käme, sollte er nur darauf pfeifen, dann wollte sie ihm zu Hilfe kommen. Auch die tat er in seinen Sack.

Weiter reiste der Königssohn ohne Rast und Ruh, da fand er einen lahmen Fuchs. »Ach, lieber Königssohn«, sagte der Fuchs, »tu ein wenig Pfeilkraut auf meinen Fuß und verbind' ihn, ich will dir's auch vergelten.« Der Königssohn legte von dem Kraut auf und verband den Fuß; da gab ihm der auch eine kleine Pfeife, auf der sollte er blasen, wenn er in Not käme, da wolle er ihm zu Hilfe kommen.

Auch die tat der Königssohn in seinen Sack und wanderte fort ohne Rast und Ruh, da traf er endlich die alte Frau, zu der ihn seine Gemahlin geschickt hatte, daß er ihr dienen sollte. Er ging nun zu ihr hinein und grüßte sie: »Guten Abend, alte Mutter!«

»Grüß Gott, mein Sohn!« sagte das alte Weib. »Was willst du hier?«

»Ja, ich suche einen Dienst, und da hab' ich gehört, die alte Mutter braucht einen Kutscher.«

»Freilich brauch' ich den«, sagte die alte Frau. »Verstehst du denn aber auch den Dienst? Denn da draußen auf den Pfählen stecken schon neunundneunzig Menschenköpfe; du wärst der hundertste, wenn du nicht bestündest.«

So verdingte sich der Königssohn auf ein Jahr als Kutscher, da galt aber ein Jahr bloß drei Tage. Am Abend setzte ihm die alte Frau eine gute Traumsuppe vor, und dann schickte sie ihn mit den Pferden hinaus.

Der Königssohn war nun sehr müde, darum legte er sich hin und schlief fest ein. Auf einmal wacht er auf und sieht, daß es schon Tag geworden ist, aber die Stuten sind nirgends zu sehen. Was sollt' er nun machen? Da fiel ihm die kleine Pfeife ein, die ihm der Fisch gegeben hatte; er blies darauf, sogleich erschien das Fischchen. »Nun, was fehlt dir?« fragte es. »Ach, meine Pferde sind ja fort!«

»Na, sei nicht so traurig und komm mit mir.« So gingen sie ohne Rast und Ruh, da führte der Fisch den Königssohn an einen Teich; am Rande des Teiches schwammen drei Goldfische. »Siehst du«, sagte das Fischchen zu ihm, »das sind deine Pferde; wirf ihnen nur den Zaum über und dann setze dich auf.« Da schlug er sie mit dem Zaume, setzte sich auf und eilte heim.

»I, bist du hier?« sagte die alte Frau zu ihm.

»Ja, wohl bin ich hier, alte Mutter.«

Da ging die Frau in den Stall, nahm die Heugabel und warf ihre Stuten aus einer Ecke in die andre. »Ihr abscheulichen Biester«, sagte sie zu ihnen, »ihr seid wohl gar verliebt in euern Kutscher?«

»Ach, Mutter«, sagten die Stuten, »der kann mehr als Brot essen!«

Am anderen Abend schickte sie wieder den Jüngling mit den Stuten aus, und diesmal legte er ihnen noch Fußfesseln an, ehe er einschlief. Morgens wachte er auf, aber die

Pferde waren fort. Er sucht sie überall, kann sie aber nicht finden; auf einmal fällt ihm das Pfeifchen ein, das ihm die Ameise gegeben hatte. Er zieht es aus dem Sack und bläst drauf; gleich ist auch die kleine Ameise da und fragt: »Na, was fehlt dir?«

»Ach, ich habe in der Nacht wieder meine Pferde verloren und kann sie nirgend finden.«

»Na, bleib nur ruhig, wir wollen hier auf den Hügelabhang gehen, da finden wir einen Ameisenhaufen, aus dem werden drei rote Ameisen herauskriechen, denen wirf nur den Zaum über den Kopf. Das sind deine Stuten.« Sie gingen hin, da fanden sie den Ameisenhügel, aus dem kamen drei rote Ameisen heraus; gleich warf er ihnen den Zaum an, da wurden sie wieder zu Pferden, und er ritt auf ihnen heim.

Die Alte sagte wieder: »I, bist du hier?«

»Ja, freilich bin ich hier, alte Mutter«, sagte er. Da ging sie wieder in den Stall und warf die Stuten tüchtig hin und her, weil sie sich so schlecht hätten verstecken können. »Ach, Mutter«, sagten die, »der kann mehr als Ihr!«

Am dritten Abend gab sie dem Königssohn wieder eine tüchtige Traumsuppe zu essen, dann schickte sie die Stuten mit ihm fort, aber vorher sagte sie ihnen, sie sollten gleich wieder heimkommen; heute wollte sie sie selber verstekken. Der Jüngling führte die Stuten wieder fort, legte sich hin und schlief ein.

Am Morgen wacht er auf, und die Pferde sind wieder weg. Überall sucht er nach ihnen, kann sie aber nirgends finden; da denkt er an sein Pfeifchen, das ihm der Fuchs gegeben hatte, bläst darauf, und gleich ist auch der Fuchs da. »Was fehlt dir, mein lieber Königssohn?«

»Ach«, sagt der, »denk dir, ich kann meine Pferde nirgend finden.«

Da sagt der Fuchs: »Ja, jetzt sind sie an einem sehr schwierigen Ort; alle drei sind in Eier verwandelt, die Alte sitzt und spinnt auf einem Stuhl, unter dem Stuhl steht ein Korb, und da liegen sie drin. Nun hat aber die Alte einen goldnen Hahn und eine goldene Henne im Hühnerhaus. An die will ich mich machen und ihnen den Kopf abbeißen; wenn die Alte dann vom Stuhl aufspringt, dann geh du gleich in die Stube und wirf die Eier mit dem Zaume, dann werden sie gleich wieder zu Pferden.«

So gingen sie ohne Rast und Ruh, auf einmal kamen sie an das Haus der Alten; der Fuchs schlich sich auf den Oberboden und würgte die Henne und den Hahn. Gleich sprang die Alte auf den Boden. »Husch husch, Fuchs; die Hunde kommen und wollen dein Blut!«

Unterdessen aber sprang der Königssohn ins Haus hinein und warf den Zaum über die Eier, gleich wurden sie wieder zu Pferden, und er führte sie in seinen Stall. Nun kam die alte Frau wieder und wollte nach den Eiern sehen, aber da fand sie nur das leere Nest und schüttelte gewaltig den Kopf.

Anderntags rief sie den Jüngling und sagte zu ihm: »Na, mein Sohn, du hast das Jahr ehrenvoll ausgehalten, was willst du nun für einen Lohn haben?«

»Ich bitte um nichts weiter«, antwortete der, »als um das magere Fohlen, das die eine Stute gestern geworfen hat; dann den alten Sattel voll Hühnermist, der oben auf dem Boden liegt, und endlich einen Zaum.«

»I, was willst du mit dem Zeug machen? Lieber geb' ich dir so viel Geld als du haben willst.«

»Nein«, sagte der Jüngling, »ich kann nichts anderes brauchen als die drei Sachen.« Da mußte die alte Frau es ihm zuletzt auch geben.

So nahm der Königssohn denn das Fohlen auf den Rükken, denn es konnte noch nicht recht laufen; ebenso den Sattel und den Zaum; dann wanderte er fort ohne Rast und Ruh, immerzu. Wie er aber einmal Abendrast hielt, sagte das Fohlen zu ihm: »Laß mich heim, trinken, lieber Herr!

Morgen früh bin ich wieder da.« Da ließ er das Fohlen trinken gehen und legte sich schlafen; am Morgen war das Fohlen wieder da, stieß ihn an den Fuß und sagte: »Nun wollen wir weiter, lieber Herr!«

So gingen sie weiter ohne Rast und Ruh; auf einmal, wie er wieder Nachtquartier halten wollte, sagte das kleine Fohlen: »Lieber Herr, laß mich heim, trinken, morgen bin ich wieder da.« Da ließ er das Fohlen nach Hause und legte sich schlafen. Den andern Morgen stieß ihn das Fohlen wieder an seinen Fuß und sagte: »Jetzt wollen wir weiter.« Da wollte der Königssohn das kleine Fohlen wieder auf den Rücken nehmen, aber das sagte auf einmal: »Mein lieber Herr, bis jetzt hast du mich getragen, aber jetzt trag' ich dich.« Da sattelte es der Königssohn, setzte sich drauf, und fort ging's wie der Wind, bis sie an die Quelle kamen, an welcher der Königssohn seine Gemahlin zuerst getroffen hatte.

Da ließ er sein Pferdchen trinken und trank auch selber, und da kam auch seine Gemahlin wieder dazu mit dem goldnen Krug, um Wasser zu holen. Nun sagte er: »Liebe Frau, das ist das Pferd, um das ich gedient habe; nun setze dich drauf, ich setze mich auch drauf, und dann soll's fortgehen.«

Wie sie oben saßen, fragte das Pferd: »Wie soll ich nun laufen? Wie der Wind oder wie der Gedanke?«

»Wie du willst«, sagte der Königssohn.

So flogen sie dahin.

Auf einmal fing das Pferd des weißen Ritters dort an zu stampfen und zu stoßen. Der weiße Ritter kam dazu und fragte: »Was fehlt dir? So sollen Rüden und Hunde dein Blut lecken!«

»Sie haben die schöne Frau geraubt«, antwortete das Pferd, »auf einem Fohlen führen sie sie weg.« Sowie der weiße Ritter das hörte, sprang er auf sein Roß, und hin flogen sie wie der Gedanke.

Schon waren sie dem Königssohn seinem beinahe nach, da sagte der weiße Ritter zu seinem Pferd: »Wiehere doch dem anderen Pferd zu, daß es auf dich warten möchte.« Da wieherte sein Pferd, aber das Fohlen wieherte zurück: »Ich warte erst, wenn du zu mir gekommen bist.« Da warf das Pferd sein Hinterteil in die Höhe und rannte daher, daß der weiße Ritter gleich abgeworfen wurde und ihm alle Gedärme platzten; das kleine Fohlen aber wartete nun. Da setzte sich der Königssohn auf des weißen Ritters Pferd, und seine Gemahlin blieb auf dem Fohlen sitzen, und so kamen sie heim. Da gab der Königssohn ein großes Gastmahl, vor Freude darüber, daß er seine Gemahlin wiedergefunden und heimgebracht hatte. Nun starb um die Zeit auch der alte König, da blieb er mit seiner Gemahlin in dem Königreich, und wenn sie nicht gestorben sind, leben sie noch.

Der reiche Krämer

Wo war's, wo war's nicht, es waren auf der Welt ein armer und ein reicher Krämer. Der eine war so arm, daß er kaum wußte, woher das Essen nehmen; der reiche aber hatte hundert Läden. Neunundneunzig gab er andern zur Verwaltung, er selbst behielt nur einen.

Dieser reiche Krämer ging einmal in den Wald spazieren. Auf seinem Spaziergang erblickte er ein schönes Mädchen, das gerade zum Brunnen ging.

»Wohin gehst du, schönes Mädchen?« fragte er.

»Zum Brunnen! Wohin sollte ich sonst wohl gehen?« erwiderte das Mädchen.

Als das Mädchen auf dem Rückweg wieder daherkam, begleitete es der reiche Krämer bis zur Hütte, wo ihr Vater wohnte; denn ihr Vater war Waldhüter.

Das Mädchen gefiel dem reichen Kaufmann; er lud sie mitsamt ihrem Vater zu Mittag ein. In besonderen Zimmern wurde für sie aufgetragen. Der Vater aß allein und das Mädchen mit dem reichen Krämer.

Als sie gegessen hatten, steckte der Vater was in die Tasche für seine Tochter, und das Mädchen ebenso für ihren Vater.

Das Mahl dauerte lange, so daß es dem Waldhüter schon zu lange schien, und er fragte, wo seine Tochter wäre.

Es dauerte nicht lange, da wurde seine Tochter vor ihn geführt, von Kopf zu Fuß in Seide gekleidet; sie war wie eine Königin. Der reiche Krämer hatte sie ankleiden lassen.

Da sagte der reiche Krämer dem Waldhüter, er solle ihm

seine Tochter geben; denn er wolle sie heiraten. Der Alte willigte mit tausend Freuden ein: »Da hast du sie, warum denn nicht!«

Und so wurde das Mädchen die Gemahlin des reichen Krämers, und der Alte ging als Hüter in den Wald zurück. Und sie lebten glücklich.

Einstmals war ein großes Fest im Walde. Eine Unmenge Leute waren dort und dazu noch so viele, wie der Hund Flöhe hat. Es waren dort auch der reiche und der arme Krämer.

Und wie so in der Unterhaltung alles herankommt, beginnt der reiche Krämer seine Gemahlin zu preisen, was für eine gute Frau das sei, wie schön und wie treu! Dem Lobspruch hörten dort alle zu, auch der arme Krämer. Plötzlich sagt der arme Krämer: »Hör, Bruder, es gibt keine Frau, die nicht verlockt werden könnte, die nicht verführt werden könnte!«

»Na, Bruder«, sprach der reiche Krämer, »wenn Ihr jene verführen könnt, dann sei mein ganzes Vermögen Euer! Wenn Ihr's aber nicht könnt, dann nehme ich Euch, was Ihr habt!«

»Abgemacht, ein Hundsfott, wen's reut!« sagte der arme Krämer. »Ich stehe für das, was ich gesagt habe!«

Doch sie hatten besprochen, daß sie einander binnen drei Tagen sichere Nachricht zukommen lassen müßten; darüber hinaus sollte der Vertrag nicht gelten.

Ging der arme Krämer schnurstracks zur Frau des reichen. Er wollte dort gleich die Frau umarmen und küssen; doch die stieß ihn so zurück, daß er sieben Purzelbäume schoß. Ein Tag war schon vergangen; der arme Krämer war in großer Sorge: was sollte er jetzt nun machen?

Er kannte eine alte Frau, die früher dort beim reichen Krämer gedient hatte. Zu der ging er, sie zu fragen, was nun werden sollte. Die Alte fand gleich etwas heraus. Sie sagte ihm: »Ich werde dich in einer Truhe verstecken und dich

irgendwie ins Gemach der reichen Krämerin tragen lassen. Fürchte nichts, es wird alles gut werden!«
So geschah's auch. Sie versteckte ihn in einer Truhe, dann ging sie zur reichen Krämerin; sie habe sich mit ihrem Manne entzweit, sie möge ihr erlauben, daß sie ihre Truhe, in der sie ihr bißchen Kram habe, herbringen lassen dürfe! Die reiche Krämerin war damit einverstanden, erlaubte es; kam es ihr doch nicht in den Sinn, was das sein könnte!
Die alte Frau dingte sofort zwei Leute, die nahmen die Truhe und trugen sie geradewegs in die Stube, wo die Gemahlin des reichen Krämers zu schlafen pflegte.
Doch darüber war ein Tag vergangen.
In der Nacht des dritten Tages kroch der arme Krämer aus der Truhe, trat ans Bett. Der Frau war wohl sehr heiß gewesen, sie hatte ihre Brust entblößt. Der arme Krämer suchte nur, ob er nicht irgendein Mal an ihr finden könnte; er betrachtete ihre Brust, und da sah er ein wunderschönes Goldhaar. Darauf kroch er in die Truhe zurück, achtsam, daß er nicht raschle; denn wenn die Frau aufgewacht wäre, dann wär's schlimm gewesen.
Doch sie wachte nicht auf.
Anderntags in aller Frühe ging die alte Frau zur reichen Krämerin: sie habe sich mit ihrem Manne ausgesöhnt und möchte ihre Truhe jetzt nach Hause holen. »Das ist recht«, sagte die Frau, gab ihr auch noch zwei Leute mit, daß sie sich nicht selbst damit schleppen sollte, die arme, alte Frau.
Als die Truhe nach Hause gebracht worden war und die beiden Leute fortgegangen waren, kroch der arme Krämer aus der Truhe, ging schnurstracks in den Wald. In seiner großen Freude wäre er fast über eine Baumwurzel auf den Bauch gefallen.
Der reiche Krämer erblickte ihn, dachte schon im vorhinein: Nun, jetzt ist's aus mit dem armen Krämer; das bißchen, was er hatte, hat er nun auch verloren! Als er anlangte, rief er ihm entgegen: »Na, was gibt's Neues?«

Antwortete drauf der arme Krämer: »Das gibt's, daß ich deine Frau verführt habe! Wenn du's wissen willst, sage ich dir auch noch, daß sie ein Goldhaar auf der Brust hat! Und jetzt ist dein ganzes Vermögen mein!«
Der reiche Krämer erschrak über diese Worte so, daß er glaubte, ihn rühre der Schlag.
»Mein Gott, nein! Mein Gott, nein! Diese Frau! Da habe ich geglaubt: Ihr kann ich trauen! Aber auch ihr nicht!«
Sein ganzes Vermögen gab er dem armen Mann; ihm selbst blieb nur seine Gemahlin und seine Flinte. Seine Flinte gab er auch seiner Gemahlin: »Die soll ich nun auch nicht mehr haben!«
Sie zogen in die weite Welt hinaus. Ein Kreuzweg teilte sich dort, wohin sie gegangen waren; auf dem einen Weg zog die Frau, auf dem anderen der Mann.
Die Frau kam von ungefähr zu einem Waldhüter, und da sie gut schießen konnte, nahm er sie dort als Jäger an. Bald legte sie auch Jägerkleider an.
Da sie eine Flinte hatte, mit der sie alles traf, was sie aufs Ziel nahm, so geriet sie von dort an einen Königshof. Sie sah auch in Männerkleidern schön aus, und sie gewannen sie bald lieb.
Der König wollte ihr durchaus seine Tochter geben; doch sie entdeckte sich einmal dem Mädchen, daß sie auch eine Frau sei und sie also nicht heiraten könne. Und sie erzählte ihr Lebensschicksal von Anfang bis zu Ende. Danach begann es die Königstochter zu dauern, daß sie solch ein Schicksal gehabt habe und daß diese Frau etwas ganz anderes verdiene.
Dort war ihres Bleibens nicht mehr; sie kam an den Hof eines andern Königs. Dort aber konnte sie keinen Ausweg finden, denn sie hatte keine Gelegenheit dazu; der König verheiratete seine Tochter mit ihr. Es fehlte gerade nur noch, daß sie getraut wurden.
Denn ein Krieg war ausgebrochen, dahin wurde sie ge-

schickt, und darum wurde die Trauung aufgeschoben. Dort kämpfte sie wie ein Held, stellte ordentlich ihren Mann. Unter den vielen Kriegern aber erkannte sie ihren Mann, der dort im Felde war.
Sie sann lange, wie sie sich wohl vom Hofe des Königs losmachen könnte. Sie sann und sann, und plötzlich hatte sie es gefunden.
Als sie zu Hause am Hofe angelangt waren, sagte sie ihrem Schwiegervater, sie müsse durchaus jetzt auf ihr Gut reisen; doch in zwei Tagen würde sie wieder dasein. Was jetzt auch sei, sie müsse gehen!
Der König sagte: »Gut, mein Sohn, aber erst sollt ihr getraut werden; dann kannst du gehen!«
Doch der Held – oder vielmehr die Frau – versprach hoch und heilig, daß er wiederkäme, aber jetzt müßte er fort. Schließlich willigte der König auch ein. Sie wurde wie ein schöner, glänzender Prinz angezogen, auf den das halbe Reich harrte, ein Regiment Soldaten wurde ihr mitgegeben; so eilte sie in einem goldenen, schönen Wagen von dannen.
Als sie des Weges fuhr, sah sie einen verabschiedeten Soldaten. »Kommt, sitzt auf!« sagte sie zu ihm. Dieser Verabschiedete war niemand anderes als ihr eigener Mann. Doch der erkannte sie nicht; sie erkannte ihn.
Die Soldaten schickte sie heim und fuhr mit dem Verabschiedeten ganz allein heim in ihre einstige Stadt.
Dort blieb der Wagen vor einem Laden stehen, der vordem ihnen gehört hatte. Der Prinz – oder vielmehr die Frau – lud den Soldaten ein, in den Laden zu gehen; doch der scheute sich; er sei ein so armer, armer Mann, und es schicke sich nicht für ihn, mit einem so strahlenden Prinzen an einem Ort zu sitzen.
Mit Müh und Not ging er schließlich hinein.
Der Laden gehörte dem Krämer, der aus einem armen ein reicher geworden war. Der Prinz trank dort mit dem Ver-

abschiedeten einen Becher Branntwein und begann den Kaufmann auszufragen: »Ihr habt aber einen schönen Laden! Wie seid Ihr dazu gekommen? Habt Ihr ihn geerbt, oder habt Ihr ihn selbst erworben?«

Der vom Armen zum Reichen Gewordene erzählte ihnen den Betrug, wie er die Frau, die er hatte verführen sollen wegen des Vermögens, nicht hatte verführen können, daß er nur ihre Brust gesehen habe und auch das nur zufällig. Und so sei er zu dem Vermögen gekommen.

Der Verabschiedete erkannte den vom Armen zum Reichen Gewordenen, wurde nur blau und grün vor Wut, aber wagte nicht, vor dem Prinzen zu sprechen.

Plötzlich warf der Prinz sein Kleid ab und zeigte sich dem Verabschiedeten – oder vielmehr ihrem Mann: »Siehst du, du hast alles von mir geglaubt, was dieser Schurke gesagt hat. Glaubst du denn jetzt, daß ich unschuldig bin?«

»Jetzt glaube ich es schon!« sagte der Verabschiedete, der einstmalige reiche Krämer.

Da mußte der vom Armen zum Reichen Gewordene das ganze Hab und Gut zurückgeben; sein eigenes verlor er auch noch, zog von dannen und wurde flüchtig und heimatlos; der aus einem Reichen ein Armer Gewordene ließ sich von neuem mit seiner Gemahlin trauen, und wenn sie nicht gestorben sind, leben sie jetzt noch glücklich zusammen.

Die verwandelten Kinder

Es war einmal ein junger König, dem kam einmal an einem Abend ein so wunderlieblicher Apfelgeruch in die Nase, daß er gleich zu seinem Bedienten sagte: »Auf der Stelle holst du mir von dem Apfel, der so schön riecht, sonst laß ich dich aufhängen ohne viel Federlesen.«

Der Bediente warf sich gleich aufs Pferd und zog durch sieben und abersieben Länder, immer dem Apfeldufte nach, bis er endlich in den Garten kam, in dem der schöne Apfel gewachsen war; da band er sein Pferd an und sprang über den Zaun. Aber kaum hatte er ein paar Äpfel abgepflückt, da kam ein zottiger alter Mann, packte ihn und wollte ihn fesseln. Der Bediente sagte ihm, er wollte ja nur seinem König ein paar bringen, sonst ließe ihn der hängen. Da sagte der alte Mann: »Komm mit herein zu mir zu meiner alten Frau, die will ich erst fragen, was ich machen soll, ob ich dir ein paar Äpfel geben soll oder nicht.«

Nun gingen sie hin, aber der Bediente blieb draußen auf der Diele und ging nicht mit hinein, der Alte aber ging hinein und erzählte seiner Frau die Geschichte; da fing die schön an zu schimpfen. Nun hatte aber die Alte drei Töchter, von denen sagte die älteste: »Papa, warum hast du ihm denn nicht ein paar Äpfel gegeben? Vielleicht nähme mich dann der König zur Frau; und wenn er das täte, da wollt' ich ihm von einem Wocken Hanf ein Zelt weben, so groß, daß alle seine Soldaten drunter Platz hätten.«

Da sagte die mittlere: »Und wenn er mich nähme, da wollt' ich ihm aus einem Weizenkorn einen Kuchen bakken, daß alle seine Soldaten satt davon würden.«

Sagte die jüngste: »Und wenn er mich nähme, da sollte er ein Paar allerliebste Zwillinge mit goldenen Haaren bekommen, und der eine sollte einen Irrstern auf der Stirn haben, der andre eine Sonne, und einen goldenen Ring um den Arm alle beide.« Alles das hörte der Bediente draußen im Hause und schrieb sich's genau auf. Dann kam der Alte wieder zu ihm heraus, gab ihm ein paar Äpfel und schickte ihn damit fort. Der Bediente setzte sich wieder zu Pferde und machte sich auf die Heimreise.

Wie er nach Hause kam, übergab er dem König die Äpfel, der aß sie aber nicht auf, sondern biß nur hinein, da lachte er gleich laut auf; nun tat er sie in seine Rocktaschen, jeden in eine, dann gingen sie auf die Jagd. Unterwegs konnte der König dem prächtigen Duft wieder nicht widerstehen und biß hinein, aber er mußte wieder laut lachen. Nun wartete auch der Bediente nicht länger und übergab dem König, was er sich auf der Diele des armen Mannes aufgeschrieben hatte. Sowie er's übergab, las es der König, da ließ er Jagd und alles im Stich, spannte an und fuhr zu dem armen Mann.

Dort angekommen sagte er zu dem größten Mädchen: »Ist das wahr, daß du gesagt hast: Wenn ich dich nähme, so wolltest du mir aus einem Wocken Hanf ein Zelt weben, so groß, daß alle meine Soldaten drunter Platz hätten?«

»Ja«, sagte das Mädchen, »das ist wahr.«

Dann sagte er zur zweiten: »Hast du wirklich gesagt: Du wolltest mir aus einem Weizenkorn einen Kuchen backen, so groß, daß alle meine Soldaten davon satt werden sollten?«

»Ja«, sagte das Mädchen, »das hab' ich gesagt.«

Da fragte er zuletzt die dritte: »Hast du wirklich gesagt: Wenn ich dich nähme, sollte ich ein Paar allerliebste Zwillinge bekommen mit goldenen Haaren, und der eine sollte einen Irrstern auf der Stirn haben, der andere eine Sonne, und einen goldnen Ring am Arm alle beide?«

»Ja«, sagte das Mädchen.

Da umarmte und küßte sie der König und nahm sie zur Frau, und sie ließen sich trauen, dann zogen sie zusammen in sein Schloß; die Hochzeit war aber noch nicht lange vorbei, da mußte der König in den Krieg ziehen, sie nahmen Abschied voneinander, und er zog fort.

An dem König seinem Hofe lebte eine alte Frau, die hatte auch eine Tochter und hätte sie gar zu gern dem König zur Frau gegeben. Wie nun der Königin ihre Zeit kam, machte ihr die Alte weis, es wäre so Sitte, daß die Wochen auf dem Dachboden abgehalten würden. So trugen sie denn die Königin auf den Dachboden, und da genas sie von zwei goldhaarigen Kinderchen. Die Alte war gleich bei der Hand, erstickte die beiden Kinder und verscharrte das eine unter dem Türpfosten rechts, das andere links; der Königin aber schob sie ein Paar junge Hunde unter, denn ein alter Jagdhund im Stall hatte gerade auch geworfen. Dann schrieb sie dem König, seine Gemahlin hätte keine Kinder zur Welt gebracht, sondern ein Paar junge Hunde. Da kam der König eilends heim und schimpfte und mißhandelte sie, die Königin aber betete so lange, bis er endlich schwieg.

Nun ging sie eines Tages unter das Tor, wo ihre beiden Söhnchen vergraben lagen, und wie sie so laut aufseufzte, wurde sie auf einmal zur Salzsäule; der König nahm die Tochter der Alten zur Frau und bekam von der auch zwei Kinder.

Einmal sah der König zum Fenster heraus, da sah er in seinem Tor zwei goldene Birnbäume stehn; er wunderte sich sehr darüber, aber niemand konnte ihm sagen, wo sie herkämen. Sowie aber die Alte die Bäume sah, wußte sie gleich, daß sie beide aus den goldhaarigen Kindern gewachsen waren. Die Bäume wuchsen aber bald so hoch, daß man sie schon vom Nachbarlande aus sehen konnte; und nun ruhte die Alte nicht und setzte ihren Kopf drauf, sie wollte die beiden Bäume vom König umhauen lassen. Darum brachte sie's ihrer Tochter bei, daß sie sich krank stellen und zum König sagen sollte: Sie könnte nicht anders wieder gesund werden, als wenn sie in einem Bett schliefe, das aus dem Holze der Birnbäume gezimmert wäre.

Der König besucht seine Frau und findet sie sterbenskrank; er fragt sie, was ihr fehle, aber sie ist ganz von Sinnen; der König sieht sie so eine Weile an, auf einmal fährt sie stöhnend in die Höhe und sagt zum König: »Eben hab ich geträumt: Wenn du ließest die beiden goldenen Birnbäume abhauen und mir draus eine Bettstelle machen, daß ich drin schliefe – nur so könnt' ich vielleicht gesund werden.«

Aber der König antwortete: »Das verstehst du nicht, die beiden goldenen Birnbäume laß ich um die ganze Welt nicht abhauen, so gern hab ich sie.«

Anderntags ging der König auf die Jagd, aber so wie er aus dem Hof heraus war, hieb die Alte den einen Birnbaum um, machte eine Bettstelle daraus und legte ihre Tochter hinein. Da wurde der König sehr traurig, in seiner Traurigkeit hieb er auch den andern ab und machte daraus eine Bettstelle für sich selber. Am Abend legten sie sich zur Ruhe und schliefen ruhig bis zum Morgengrauen. Auf einmal fängt die Bettstelle, in der die Königin lag, an zu sprechen und sagt zur andern: »Geht's dir gut, Brüderchen?«

Da antwortete die andre: »Mir geht's ganz gut, grade so, als wäre ich von neuem auf die Welt gekommen«; weil nämlich sein Vater in der Bettstelle schlief.

Nun fragte die aber auch die erste: »Geht's dir gut?«

Da antwortete die, in der die Königin lag: »Ach, mir geht's so schlecht, daß, wenn ich noch eine Stunde die Tochter meiner Mörderin leiden muß – dann muß ich sterben.«

Die Alte schlief aber nicht und hörte alles mit an, was sie sprachen. Sowie nun der König jagen ging, hieb sie sie gleich klein und warf sie ins Feuer. Das Feuer prasselte gewaltig und eine glühende Kohle sprang vor den Ofen auf den Hof, da fand sie eine alte Ziege und verschluckte sie. Nach einiger Zeit, wie sie gerade in der Küche war, warf sie ein Paar Zicklein mit goldenen Haaren. Der König hatte sehr großen Gefallen an den Tierchen und tat sie in eine besondere Stube neben seine.

Aber die Alte hatte keine Ruhe; sobald der König jagen ging, lief sie in die Stube und erstach die beiden Zicklein mit den goldenen Haaren. Nun waren zwei Mägde auf dem Hof, die mußten die Eingeweide der Tierchen in dem Bach, der durch den Garten floß, auswaschen, aber aus Unachtsamkeit ließen sie ein Stück dort liegen. Das sah eine alte Krähe und packte es mit dem Schnabel, dann flog sie damit auf die siebenundsiebzigste Insel im Weltmeere, da baute sie sich ein Nest und legte zwei goldene Eier hinein; wie die auskrochen, da machte sie große Augen, denn es waren zwei Kinder mit goldenen Haaren drin. Das eine hatte einen Irrstern auf der Stirne, das andere eine Sonne, und am Arm hatten beide einen goldenen Ring. Die alte Krähe schickte sie nun in die Schule, und da lernten sie sieben Jahre lang bei einem alten Einsiedler, der schon lange auf der Meeresinsel war. Wie nun die sieben Jahre um waren, da sagte die Krähe zu den beiden Knaben: »Nun kann ich euch nicht länger erhalten, nun geht zu eurem Vater, der ist ein großer König; bei dem wird's euch besser gehn.« Sie unterrichtete sie noch ordentlich über alles, dann flog sie vor ihnen her und die beiden Söhnchen immer hinterdrein, bis sie ans Schloß ihres Vaters kamen; die Krähe sagte ihnen noch einmal, wie sie sich verhalten sollten, dann kehrte sie um auf ihre Insel.

Die beiden Knaben gingen nun zum König, der fragte sie, was sie bei ihm wollten, da sagten sie ihm alles, was ihnen die Krähe gesagt hatte. Sie erzählten ihm, wie die Alte sie unter den Türpfosten vergraben hätte und die beiden Birnbäume draus gewachsen wären; dann gingen sie ins Tor und sprachen mit der Salzsäule, die gab dem König auf alles Antwort. Da wurde er sehr ergrimmt und ließ die Alte an den Schwanz eines wilden Fohlens binden und so zu Tode schleifen. Seine beiden Söhne aber erzog er mit großer Sorgfalt, und sie leben heut noch glücklich und zufrieden, wenn sie nicht gestorben sind.

Der Federkönig

Es war einmal ein Paar arme Leute auf dem Feld und hatten auch ihr kleines Kind mit, das lag in einer Schaukel, die war aus Windeln und hing an vier Stecken. Nur einmal kam eine wilde Katze aus dem Wald, nahm das Kind und trug es fort in ihre Höhle; sie tat ihm aber nichts zuleide, sondern pflegte es vielmehr, brachte ihm Kräuter, Wurzeln und Erdbeeren, so daß es keine Not litt. Also wuchs es da auf in der Höhle; es war aber ein Knabe, und wie der groß war, sprach die Katze zu ihm: »Nun sollst du die Königstochter heiraten!«

»Aber ich bin ja nackt«, sprach der Knabe, »wie soll ich vor den König gehen!«

»Mache dir keine Sorgen, ich will dir gleich ein Kleid schaffen.« Da lief die Katze in den Wald und hatte ein silbernes Pfeifchen, sie blies einmal und zischte und raschelte dann, und alsbald kamen viele Vögel und wilde Tiere zusammen. Sie nahm von jedem Vogel eine Feder, machte daraus ein Kleid und brachte es dem Knaben; dann führte sie ihn zu den Tieren und sprach: »Jetzt gehe zum König, diese Tiere müssen dir nachfolgen, dann sage beim Eintritt: ›Herr König, der Federkönig schickt Euch dies Geschenk!‹« Also ging der Knabe in die Burg und sagte so, wie ihn die Katze gelehrt hatte.

Als der König die vielen Tiere sah, freute er sich und sprach: »Das muß ein reicher König sein!« Den folgenden Tag schickte die Katze den Knaben wieder mit vielen Tieren hin, und er solle sagen: »Das ist wieder ein Geschenk vom Federkönig«, und wenn der König sich verwundere

und sage: »Wie lieb wäre es mir, wenn ein so reicher König meine Tochter zur Frau nähme«, da solle er nur sprechen: Ja, das werde der Federkönig gerne tun, und nach drei Tagen werde er kommen und Hochzeit halten.
Also geschah es, als der Knabe in die Burg kam. Der König freute sich über das neue Geschenk und verwunderte sich sehr und sagte, wie er so sehr wünsche, daß ein so reicher König seine Tochter zur Frau nähme. Da antwortete der Knabe, wie ihn die Katze gelehrt hatte, der Federkönig werde das gerne tun und nach drei Tagen kommen und Hochzeit halten. Als die Zeit um war, lief die Katze wieder in den Wald und blies auf dem silbernen Pfeifchen dreimal und zischelte und raschelte dreimal nach Katzenart. Da kamen alle Vögel und wilden Tiere zusammen, und die Katze wählte jetzt die schönsten und farbigsten Federn und machte daraus einen Mantel, der glitzerte und glänzte wie der Sternenhimmel, und gab ihn dem Knaben. Diesmal ging auch die Katze mit nach Hofe. Als sie nicht weit vom Schloß waren, sprach sie zum Knaben: »Jetzt wirf dein altes Federkleid fort, ich bringe dir gleich schöne Kleider aus dem Schloß; denn den Federmantel sollst du nur zum Schmuck gebrauchen.« Damit lief sie schnell ins Schloß und rief: »Nur schnell königliche Kleider her, der Federkönig kommt und ist in einen Sumpf gefallen, er braucht frische Kleider!« Da gab der König seine besten Kleider hin, und die Katze lief damit und brachte sie dem Knaben und kleidete ihn an.
Also kam er jetzt in die Burg, und ihm folgten alle Tiere nach. Wie er aber eintrat ins Schloß, legte er den Federmantel um, der glitzerte und glänzte, daß man es kaum aushalten konnte. Da freuten sich der König und die Königstochter über den reichen Bräutigam. Als aber die Hochzeit vorüber war, sprach der König: »Ich möchte doch gerne dein Land und deinen Palast sehn, ich fahre mit!« Wie nun der Federkönig mit seiner jungen Frau im

Wagen saß, sah er immer auf seine schönen Kleider und nicht auf seine Frau.
Das merkte die Katze, sprang ihm in den Nacken, und *tschack!* kratzte sie ihn einmal. »Siehe doch auf deine Frau!« flüsterte sie. »Wenn du aber dich wieder vergißt und man dich fragt, warum du immer auf deine schönen Kleider schaust, so sage, du hättest daheim viel schönere.« Damit lief die Katze fort und war immer voraus.
Der Federkönig sah bald wieder auf seine schönen Kleider.
Da fragte ihn die junge Frau: »Warum das?«
Er antwortete: »Ich habe daheim viel schönere.«
Nun kam die Katze zu einer großen Schafherde; sie lief zum Hirten, sprang ihm in den Nacken, und *tschack!* kratzte sie ihn einmal, daß ihm das Blut floß. »Wenn man dich fragt, wem diese Herde gehöre, so sprich: ›Dem Federkönig!‹, sonst komme ich wieder und zerkratze dich ganz.«
Als nun der König und das junge Paar hinkamen, fragte der König den Hirten: »Wem gehört denn diese schöne Herde?«
Der Hirte sprach: »Die gehört dem Federkönig«, denn er wollte nicht noch einmal so gekratzt werden.
»Ja, die ist mein«, sagte gleich der Knabe, denn er merkte, das habe die Katze so angestellt.
Bald darauf kamen sie zu einer großen Büffelherde; die Katze war aber schon dagewesen und hatte den Hirten auch einmal gekratzt und ihm gesagt, wenn er nicht spreche, die Herde gehöre dem Federkönig, so werde sie ihn ganz zerkratzen.
Als nun der König fragte: »Wem gehört denn die schöne Herde?«, antwortete der Hirte: »Na, die gehört dem Federkönig«, denn er wollte nicht noch einmal zerkratzt werden.
»Ja, die ist mein«, sagte der Junge im Wagen, und der Kö-

nig wunderte sich sehr und sprach: »Ich hätte doch nie geglaubt, daß du so reich wärest!«
Also kamen sie auch zu einer Roßherde; auch da war die Katze schon gewesen und hatte den Hirten gekratzt und ihm gesagt, wie er sprechen müsse, und als der König fragte: »Wem gehört denn die große Roßherde?«, antwortete er: »Na, dem Federkönig!«, denn er wollte nicht noch einmal gekratzt werden.
»Ja, die ist auch mein!« sagte der Junge im Wagen.
»Jetzt glaube ich, daß du viel reicher bist und auch daheim alles viel schöner haben wirst als ich!« sprach der König.
Endlich gelangten sie in das Schloß des Zauberers; da war alles von Gold und Silber, Kristall und Edelsteinen, auf das schönste geordnet, und der Tisch stand gedeckt; sie setzten sich gleich und aßen. Die Katze aber blieb vor der Tür und hielt Wache. Nur einmal kam der Zauberer und polterte und lärmte: »Räuber in meinem Schloß, an meinem Tisch! Aha! Wehe euch!«
Die Katze aber stand in der Tür und ließ ihn nicht ein und sprach: »So sage mir nur erst, bist du wirklich der große Zauberer, für den man dich hält? Man erzählt, du könntest dich in was immer, in große und kleine Tiere verwandeln!«
»Ja, das ist mir eine Kleinigkeit!« sprach er und verwandelte sich gleich in einen Löwen. Da fürchtete sich die Katze und sprang aufs Dach. »Das ist wohl gegangen!« rief die Katze; »nun aber möchte ich sehen, ob du dich in ein kleines Tier, in eine Maus, verwandeln kannst, das ist gewiß schwer und dir nicht möglich!« Sogleich verwandelte sich der Zauberer in eine Maus, und im Nu sprang die Katze vom Dache herunter auf die Maus und zerriß sie.
Nun rief sie den Jungen aus dem Saal heraus und sprach: »Meiner Hilfe bedarfst du nicht weiter, das Schloß und alles, was darin und darum ist, und die großen Herden, die du gesehen, sind nun wirklich dein, denn ich habe den

Zauberer, dem das alles gehörte, umgebracht! Jetzt aber verlange ich von dir einen Dienst; nimm dein Schwert und schlage mir das Haupt ab.«

Aber der Junge wollte nicht und sprach: »Wie könnte ich so undankbar sein!«

»Wenn du es nicht gleich tust, so kratze ich dir die Augen aus!«

Da nahm er ein Schwert, und auf einen Hieb flog das Haupt fort; aber siehe, da stand auf einmal eine wunderschöne Frau. Der Junge nahm sie gleich an den Arm und führte sie hinein an die Tafel und sprach: »Das ist meine Mutter!«

Die Frau aber gefiel dem alten König sehr, und weil seine erste Gemahlin gestorben war, so nahm er ihre Hand und sprach: »Sollen wir nicht auch die Hochzeit feiern?« Sie war nicht dawider, und so dauerte das Fest noch acht Tage. Darauf zog der alte König mit seiner neuen Frau heim; der Junge aber mit der Königstochter blieb im Zauberschloß und war reicher als sieben Könige.

Die drei Flüchtlinge

Es waren einmal drei Handwerksburschen, die hatten keinen Vater und keine Mutter; sie hießen Balzer, Lorenz und Johann. Nachdem sie schon lange im Lande umhergezogen waren, kamen sie endlich auch an die türkische Grenze in die Stadt Belgrad; sowie sie aber den Türken zu Gesicht kamen, wurden sie gleich festgenommen und dem Oberherrn überliefert. Da dienten sie nun jahrelang als Sklaven, aber trotz der Sklaverei war es in ihrer Lage doch ganz gut auszuhalten. Aber ein Jahr später wurden sie wieder zu Markte gebracht, da kaufte sie ein andrer Herr für dreihundert Gulden; bei dem hatten sie's auch gar nicht so schlecht, nur kriegten sie alle Wochen zweimal eine Tracht auf die Fußsohlen, damit sie nicht fortlaufen konnten. Kaum konnten sie das Ende des Jahres erwarten, daß man sie wieder zum Verkauf ausstellte, und diesmal kamen sie wieder für dreihundert Gulden in die Hand des Pascha Holofernus.

Dieser hatte schon sieben Jahre vorher einmal die Tochter eines Königs im Morgenlande zur Sklavin gemacht, aber sie hatte in der ganzen Zeit nichts von ihm wissen wollen. Darum mußte sie im scheußlichsten Kerker schmachten, und seine drei Sklaven schickte er zu bestimmten Zeiten mit großen Butten in die Weinberge, um Schlangen zu suchen; wenn sie nun die dicken, ganz giftigen Schlangen sich nicht anzufassen trauten, so packte sie der Pascha mit eigner Hand und warf sie in die Butten und schickte sie damit heim.

Schon vorher hatte er zwei Särge machen lassen, den einen

etwas größer als den andern, und der kleinere war mit lauter großen Löchern versehen. In den Sarg steckte er nun die Königstochter und ließ die Schlangen auf sie los, den andern Sarg aber nagelte er an den ersten fest an. Wenn die Schlangen sich nun an der armen Prinzessin genug geweidet hatten, dann schlüpften sie durch die Löcher in den andern Sarg und ruhten sich da aus. Vier Tage dauerte das, da hatten sie das Mädchen so rein aufgefressen, daß auch nicht das kleinste Spürchen von ihr übrig war. Nun nahm er den Sarg aus dem Verlies heraus, aber die Schlangen waren auch verreckt, und nun tat er sie in einen Kessel und wollte Gift daraus sieden. Als sie zwei Tage gekocht hatten, da gaben sie zur Probe einem Hund einen Löffel voll ins Maul, davon verendete er auf der Stelle.

Wie die drei Gefangenen das wahrnahmen, sahen sie sich auf einmal gedankenvoll an, Johann aber sagte: »Hört, Freunde, wollen wir denn immer so Sklaven bleiben? Ich denke, ich gieße lieber dem Pascha auch so einen Löffel voll ins Maul.«

Die andern waren's zufrieden; und wie der Pascha einmal vom Kochen recht müde geworden war, weil ihm die Hitze doch schlecht bekam, so packten Johann und seine Freunde meinen Herrn Pascha und gossen ihm eine gute Dosis Schlangengift ins Maul, dergestalt, daß er auf der Stelle maustot war.

Danach, als sie das getan, besannen sie sich ordentlich und nahmen dem Herrn Pascha seine drei goldhaarigen Rosse mit; aber wie sie an der Grenze nicht über eine Brücke mit ihnen kommen konnten, so banden sie die Pferde in einer versteckt liegenden Höhle an, sie selber aber krochen um Mitternacht unter fürchterlichem Donnern und Blitzen glücklich über die Brücke; und nun hatten sie nicht mehr weit bis zu einem hohen Berg, der hieß der Berg von Akakán. Der Berg war so groß, daß, wenn ein Mensch oben stand, so sah er von unten so klein aus wie das kleinste

Vögelchen. Da machten sich die drei Flüchtlinge eine geflochtene Fischerbarke, damit sie desto leichter über die See wegkämen. Sie waren auch schon ein gutes Stück an dem Berg hinauf und standen an der letzten Anhöhe.
Nun hatte sich aber tags darauf, nachdem die Gefangenen den Pascha getötet und sich aus dem Staub gemacht hatten, das Gerücht davon verbreitet. Man schickte ihnen also Leute nach, und zwei davon, ein Türke und ein Christ, waren grade auf den Weg geraten, den unsere drei eingeschlagen hatten. Wie sie nun vor dem Berg standen, da sah mein Mann mit dem Turban oben drei Wesen und dachte auch ganz richtig, daß es die drei Gesuchten seien.
Aber sein Begleiter, der Christ, lachte ihn aus; es seien ja Adler, und so konnten die oben auf dem Berg ruhig herunterkommen und ihre Barke ins Meer lassen. Sieben Tage und sieben Nächte fuhren sie so, sobald sie aber wieder auf dem Trocknen waren, spürten sie endlich Hunger; da kamen sie in einen großen Wald und in dem Wald auf eine Schaftrift, und auf der Trift gingen sie wieder so lange, bis sie einen Stall fanden. In den traten sie ein, da trafen sie aber einen gewaltigen Riesen, der hatte nur ein Auge auf der Stirn und fragte sie, was sie eigentlich suchten.
Da erzählten sie ihm denn auch ihren ganzen Umstand. Da gab ihnen der Riese ordentlich zu essen, und wie es bald nachher Abend wurde, da trieb er die Schafe in den Stall, die Schafe waren aber alle so groß wie bei uns die Esel. Um den Stall zu verschließen, hatte der Riese nichts anderes als einen großen Stein, den hätten aber sechzehn gewöhnliche Menschen nicht von der Stelle gebracht.
Nachdem er die Schafe hereingelassen, setzte er sich auch selber ans Feuer und plauderte mit ihnen; dabei befühlte er auch jeden ordentlich am Halse, wer wohl der fetteste wäre. Das war aber der arme Balzer, wie er merkte; darum nahm er ein Messer, schnitt ihm den Hals ab und gab ihn seinen Schafen zu fressen.

Da sahen sich die beiden Freunde bedenklich an; sie berieten sich heimlich, und wie sie sahen, daß der Riese neben dem Feuer auf dem Rücken lag und schlief, so nahm Johann einen Feuerbrand und stieß ihm den ins Auge, daß er nicht mehr sehen konnte.

Wie es nun Morgen wurde und die Vögel zu zwitschern anfingen, so nahm der Riese die Steintüre vor dem Stalle weg und ließ seine Schafe heraus, aber so schlau, daß er seine Beine voneinander spreizte und jedes zwischen denen durchgehn ließ. Nun war aber Johann von Haus aus ein Schuster und hatte also auch Kneif und Ahle bei sich; er unterrichtete also Lorenzen, wie er's machen müßte, und gab ihm zugleich eine Ahle in die Hand. Er sollte sich einem Schafe an den Schwanz hängen, und wenn er gerade unter der Tür wäre, es rasch mit der Ahle in den Bauch stechen; dann würde es wie der Blitz mit ihm durchrennen.

Ebenso machte es Johann selber, und beide kamen also glücklich durch. Wie nun die Schafe alle heraus waren, machte unser Riese die Tür wieder zu und fühlte nun überall herum. Wie er nun keinen fand, schrie er so furchtbar, daß die beiden draußen am Strande davon der Länge lang hinfielen. Auch kamen auf sein Gebrüll noch zwölf andere ebenso gestaltete Riesen gelaufen, und wie sie ihn so elend sahen, packten sie ihn gleich und zerrissen ihn; dann liefen sie alle zwölf ans Meer, aber die beiden Flüchtlinge waren schon zwölf Klafter weit ins Meer hinein, so daß sie ihre Rachelust nicht kühlen konnten; da fingen sie an, so fürchterlich zu schreien und zu brüllen, daß das Meer sich hoch auftürmte und die beiden Unglücklichen beinahe in seinen Wellen begrub. Aber Gott errettete sie noch gnädig, und sie fuhren weiter, bis sie an einen Wald kamen. Da hängten sie ihre Barke auf und gingen in dem Walde lustwandeln.

Hier fanden sie unter andern schönen Dingen eine lieblich sprudelnde Quelle und entdeckten daneben eine Menschenspur; der gingen sie nach, bis sie an eine Einsiedlerwohnung kamen; da gingen sie hinein und fanden einen ganz alten Einsiedler drin, dem bezeugten sie ihre Ehrfurcht und hörten, daß er St. Antonius hieße. Der nahm auch die Wanderer freundlich auf, und darüber froh, boten sich beide an, sie wollten hierbleiben und ebenso ein heiliges Leben führen, und wiewohl sie kein Haus und keine Hütte hatten, nahm sie doch der Einsiedler ganz gerne zu sich. Tags drauf sollten nun unsre beiden Herrn alles nachtun, was der Eremit zu tun pflegte, das heißt also, mit Tagesanbruch von dem Hause knielings den ganzen Weg bis an die Quelle rutschen und da beten. Dann wuschen sie sich dort und rutschten auch so wieder zurück. Wie sie in die Stube traten, lagen da auf einem Tisch drei Brötchen samt andern Speisen, was so dazu gehört, und jeder aß seinen Teil.

Am folgenden Tage gingen sie, nachdem sie ihren Dienst vollbracht, in dem Wald lustwandeln; da fing denn Lorenz zu seinem Kameraden an: »Höre, Johann! Ich denke, wir sollten den alten Graukopf totschlagen, am Ende hat er viel Geld vergraben!«

»Ei, was sagst du!« meinte aber Johann. »Sieh, so ein Armer steht in Gottes Schutz. Nein, das könnte uns schlimm gehn.«

»Na, dann wollen wir's lassen!« sagte Lorenz drauf.

Tags darauf, wie sie von ihrem Dienste heimkamen, lagen bloß zwei Brötchen auf dem Tisch. Da sagte der Einsiedler: »Unter euch ist einer, der mir nicht wohl will, darum macht auf der Stelle, daß ihr aus meiner Siedelei kommt, und der mir übel gesinnt ist, soll den Tod sterben, den er mir antun wollte!«

Da machten sie sich also aus dem Staub und irrten wie die Zigeuner lange im Wald herum, bis sie tief in der Nacht von weitem ein Feuer sahen. Auf das gingen sie zu, da fanden sie aber vierundzwanzig Räuber drumherum sitzen.

Die grüßten sie, die Räuber aber fragten, wer sie wären. Da sagten sie: »Wir sind ebensolche wie ihr.« Da warf der Räuberhauptmann einen Dukaten in die Höhe, und Johann nahm ihn gleich auf; dann warf er noch einen vor Lorenzen hin, der nahm ihn nicht auf. Da wurde der Hauptmann wütend, steckte ihn gleich wie ein Spanferkel an den Bratspieß und briet ihn am Feuer. So war Johann noch allein übrig.

Den schickten sie nun als Posten auf eine Höhe, wo sie gewöhnlich aus den Dörfern ringsum mit Weizen und so etwas vorbeizogen in die Mühle. Bald kam auch ein armer Mann vorbei mit sechs Säcken auf dem Wagen, die nahm ihm Johann gleich und brachte sie in ihren Schlupfwinkel. Über diese erste Tat freuten sich die andern Räuber sehr; da ging er, sobald es ohne Aufsehn möglich war, wieder hin, setzte sich auf den Bauernwagen und fuhr ins Dorf; von da führten sie ihn in die nächste Stadt vor den Richter, dem gestand Johann sein Verbrechen ein und bat, es möchten doch abends um zehn Uhr recht viel Männer mit Gewehren und allerlei Gerät hinkommen und die Räuber gefangennehmen. Das befahl der Richter denn auch. Johann aber gab ihnen noch das Zeichen, sie könnten ihn unter den Räubern daran erkennen, daß er seinen Hut die Quere hätte. Hierauf ging er wieder zu den Räubern und setzte sich ruhig mit ihnen hin zum Abendbrot.

Bald nachher umzingelten die vom Richter Geschickten die verratenen Räuber und banden sie einzeln; nur der Hauptmann war noch übrig und Johann, auf den er alles Vertrauen setzte. Aber er täuschte sich ganz gehörig, denn sowie er sich hinsetzte, stieß ihn der von hinten durch den Rücken und verwundete ihn tödlich, dann banden sie ihn auch und setzten ihn auf den Wagen. Da bat er denn Johann nur um das eine: Er möchte ihn nicht eben den Tod sterben lassen, wie sein Freund Lorenz hätte sterben müssen.

Wie sie aber alle in die Hauptstadt kamen, so wurde das schärfste Urteil über alle gesprochen, und der fette Räuberhauptmann wurde richtig am Feuer geröstet, wie er es mit Johanns Freund gemacht hatte. Johann aber wurde nun von allen sehr geehrt, daß er die Räuber in ihre Gewalt geliefert hatte. Auch der König gewann ihn sehr lieb und machte ihn zum Hofmeister seiner Kinder. Und weil er von Haus aus gut geartet und nicht häßlich war, auch schöne Kenntnisse hatte, so gewann ihn bald der ganze Hof lieb; aber was noch mehr sagen wollte, auch die Königstochter fand an dem anmutigen Jüngling Gefallen und bat ihren Vater, er möchte ihr doch den Johann zum Mann geben.

Darüber freute sich der König oder Kaiser sehr, gewährte ihre Bitte und sagte Johann, wie sehr seine Tochter ihn liebte, daß der beinahe närrisch wurde vor Freude. Ein paar Tage nachher feierten sie ihre Hochzeit, und nun hatte Johann alle Lust verloren, wieder heimzureisen, so daß er auch als König dort gestorben ist. Wer's nicht glaubt, der mag hingehn und sich von dem großen Riesen die Geschichte selber erzählen lassen.

Das Hirsekorn

In einem Gau des siebenbürgischen Sachsenlandes lebte einst ein armer, armer Junge. Dem waren Vater und Mutter gestorben und er hatte nichts geerbt als ein winziges Hirsekorn.

Was sollte er im Heimatdorfe machen, nachdem er seinem Mütterlein die Augen zugedrückt hatte? Er wollte sich die Welt besehen. So griff er also frisch zum Wanderstab und steckte das Hirsekörnlein in die Tasche; denn von dem wollte er sich nicht trennen, war es doch das einzige Besitztum, das er sein eigen nannte.

Als der Knabe an einem hellen, freundlichen Sommermorgen so durch die taufrischen Wiesen wanderte, sah er auf einmal einen alten Mann vor sich stehen, der einen grauen Mantel trug und auf seine grauen Locken einen breiten Hut aufgesetzt hatte.

Der Knabe grüßte den Alten freundlich. Ebenso freundlich erwiderte dieser den Morgengruß und fragte dann: »Wo geht es denn hin in aller Frühe?«

»Auf Reisen«, sagte der Knabe treuherzig, »aber ich habe mein ganzes Gut bei mir, das ist ein Hirsekorn; kann es mir nicht gestohlen werden?«

»Sei unbesorgt, liebes Kind; du wirst es zwar verlieren, aber dabei gewinnen.«

So schritt denn der Knabe lustig fürbaß über Wiesen und Felder, durch Wald und Au, bis er gegen Abend zu einem Bauerngehöft kam, wo er um Nachtherberge bat. Als er schlafen ging, legte er sein Hirsekorn aufs Fensterbrett und sprach zum Wirt: »Das ist alles, was ich besitze, kann es mir nicht gestohlen werden?«

Der Wirt aber entgegnete: »Sei nur ruhig, Bürschlein, in meinem Hause wird dir kein Schaden zustoßen.«
So schlief denn der Knabe bis zum Morgen. Als die Sonne ins Zimmer leuchtete, sah er gerade, wie der Hofhahn aufs Fenster sprang und das Hirsekörnlein, das in der Sonne glänzte, aufpickte.
Nun fing der Knabe zu weinen an, aber der Bauer tröstete ihn und schenkte ihm den Hahn, der das Körnlein verschluckt hatte.

»Der Hahn ist dein,
Hat er gefressen das Hirselein.«

Frohgemut wanderte nun der Knabe weiter mit dem Hahn unter dem Arm, bis er des Abends wieder in ein Dorf kam und bei einem Bauern anklopfte. »Dieser Hahn ist mein ganzer Reichtum, wird er mir nicht gestohlen werden?« sagte der Knabe zum Bauern.
»Sei nur ohne Sorge, Büblein, auf meinem Hofe soll dir nichts Übles zustoßen«, entgegnete der Bauer.
Aber als sich der Knabe des Morgens den Schlaf aus den Augen rieb und in den Hof hinausblickte, sah er plötzlich, wie ein feistes Schweinchen seinen Hahn beim Kragen packte und ihn zu Tode biß.
Weinend lief der Knabe zum Bauern und jammerte: »O weh, Euer Schwein hat meinen schönen Hahn zu Tode gebissen.« Aber das Bäuerlein tröstete ihn und sagte:

»Nimm hin das Schwein,
Es sei nun dein,
Hat es den Hahn dir erbissen.«

So band nun der Knabe dem Schweinchen einen Strick um den Fuß und wanderte wieder weiter den schönen Sommertag hindurch, bis er des Abends abermals zu einem Bauernhaus kam und um Herberge für die Nacht bat.
»Mein ganzes Hab und Gut ist dieses Schweinchen«, sagte

er zum Bauern, »es wird mir wohl nicht gestohlen werden?«
»Sei unbekümmert, mein Söhnchen«, erwiderte der Bauer, »auf meinem Hof sollst du keinen Schaden erleiden.«
Als aber der Knabe spät am Morgen aufwachte, denn er hatte herrlich geschlafen, und vor das Haus hinaustrat, sah er sein Schweinchen tot vor sich liegen; die Kuh des Bauern hatte das fremde Tier mit den Hörnern zu Tode gestoßen.
Der Knabe war tiefunglücklich; doch der Bauer sagte freundlich:

»Die Kuh ist dein,
Hat sie das Schwein
Dir erstoßen.«

Nun band der Knabe der munteren Kuh einen Strick um den Hals und trieb sie vor sich her mehrere Stunden lang, bis er ganz müde und matt zu einem stattlichen Edelsitz kam, vor dessen Tor gerade der reiche Gutsherr stand.
Demütig lüpfte der Knabe sein Käpplein und bat den Edelmann um Unterschlupf für diese Nacht, er sei so müde und könne nicht mehr weiter. »Diese Kuh«, sagte er weiter, »ist mein ganzer Reichtum; wird sie mir nicht gestohlen werden?«
Da lachte der Gutsherr und sagte: »Sei nur ohne Sorgen, mein armer Junge; auf diesem Edelhof ist noch keinem ehrlichen Wandersmann eine Unbill widerfahren, und schon gar nicht einem armen, braven Jungen, wie du einer zu sein scheinst.«
Noch nie hatte unser Büblein so weich geruht wie in dem Prunkzimmer des Edelhofs; aber, o weh, auch seine Kuh fand er am nächsten Morgen tot. Als die Pferde des Edelhofs in der Frühe zur Tränke geführt wurden, hatte ein feuriger Hengst die fremde Kuh überrannt, und sie kam so unglücklich zu Fall, daß sie verendete.

Da sagte der Gutsherr zu dem weinenden Knaben:

»Nimm das Roß für die Kuh
Und den Zaum noch dazu.«

Wer war nun glücklicher als unser Junge? Er schwang sich sogleich auf das mutig wiehernde Rößlein und ritt nun in die weite Welt hinaus. Er ward ein großer Held, der sich in manchen Kriegshändeln auszeichnete und schließlich sogar die Hand einer schönen Königstochter gewann.
Ja, wenn man Glück hat, kann man mit einem Hirsekorn im Vermögen sogar König werden, wie die Geschichte unseres Bauernjungen lehrt.
Freilich, nicht jeder hat solches Glück, aber es kommt nur aufs Probieren an. Versucht es einmal!

Der mitleidige Kaufmann

Es war einmal ein Kaufmann in der Welt, der hatte nur einen einzigen Sohn mit Namen Karl; und er wohnte in der Stadt Amsterdam, wo auch der König seinen Sitz hatte. Wie der Sohn nun seine Schule ausgelernt hatte, fragte ihn der Vater, was er für ein Fach ergreifen wollte; der Sohn aber antwortete: Weil ihm der Kaufmannsstand so gut gefiele, so wollte er werden, was sein Vater sei. Nun hatte sein Vater zwölf Läden, davon gab er ihm einen, daß er sich besser ausbilden sollte; und weil der Knabe schon vorher alles gut begriffen hatte, so lernte er jetzt auch bald das Handelsgewerbe; und alsbald übergab ihm der Vater auch von den übrigen Läden, soviel Karl nur wollte.

Einmal hatten die Waren sehr abgenommen, darum sagte sein Vater zu ihm: »Geh doch jetzt Waren einkaufen; du kannst in die Türkei reisen und sie dort holen«, und ließ ihm zugleich zwölf Rüstwagen mit Gold beladen, mit denen machte er sich auf den Weg. Eine Weile konnte er noch zu Lande reisen, dann mußte er sich auf ein Schiff setzen, und von dieser Seereise landete er eines Samstags in einer großen Stadt. In der war es Sitte: Wer samstags gekommen war, der durfte sonntags noch nicht wieder fort. Das wußte Karl freilich nicht, aber der Gastwirt, bei dem er eingekehrt war, sagte ihm das alles und dazu noch, daß hier an den Sonntagen jedermann in sein Gotteshaus ginge, um zu beten. Darum befahl Karl seinen Dienern, sie sollten alle am Sonntag früh um sechs in ihre Gotteshäuser gehn, er selber aber würde um acht Uhr gehn. Wie die Diener nun gingen und in den Tempel traten, da war an der

Tür ein Leichnam, den mußte jeder anspeien und mit einem Prügel draufschlagen. Es standen ein paar Wächter daneben, die sagten zu jedem: »Schlagen Sie hier drauf und spucken Sie drauf.« Da taten sie es denn auch alle. Wie sie wieder nach Hause kamen aus der Kirche, da sagten sie zu ihrem Herrn: »Nein, so etwas Schandbares haben wir noch nie gesehen, wie sie es hier in der Stadt treiben, da muß man gar eine Leiche beschimpfen. Wer dran vorbeigeht und sie nicht anspeit, der wird gleich eingesteckt.«
Da ging auch Karl in das Gotteshaus, aber er spie den Leichnam nicht an und schlug auch nicht drauf. Der Wächter rief ihm nun zu, wenn er das nicht täte, so würde er gleich eingesteckt. Aber Karl antwortete: »Ich tu's nicht eher, als bis ich weiß, warum man den toten Mann so schändet.« Sowie sie das hörten, meldeten sie's gleich dem Stadtrichter: Da wäre ein Mann, der wollte die Leiche nicht eher bespeien wie die andern, bis man ihm gesagt habe, warum das geschehen solle.
Da kamen die Ratsherren mit einem ganzen Haufen Schuldscheine und Bücher zu ihm und sagten: »Wenn du das durchaus wissen willst, so mußt du vorher sehr viel Geld bezahlen.«
»Oh«, sagte da Karl, »darauf kommt's mir nicht an, wenn ich auch mein ganzes Vermögen hingeben muß; aber diese schändliche Sitte mach ich nicht mit, denn ich habe noch niemandem im Leben etwas Böses getan und noch viel weniger will ich's im Tode.«
Da sagte der Richter zu Karl: »So bring dein Geld her, wir wollen sehen, ob's genug ist zur Bezahlung der Schulden.«
Da schrieb Karl ein Zettelchen und schickte es in das Wirtshaus: Sie sollten auf der Stelle sechs Saumlasten Geld herbringen.
Sowie das Geld ankam, fing der Richter an, es zu zählen, sagte aber bald: »Höre, das ist noch zu wenig.«

Da befahl Karl, die sechs andern Saumlasten herzubringen; und sie brachten sie auch.
Da sahen denn die Richter, daß es genug war, und sagten zu Karl: »Siehst du, wenn du nun wissen willst, warum dem Mann die Schande angetan wurde, so mußt du alle seine Schulden bezahlen. Der war, als er noch lebte, ein gewaltig reicher Mann und hochmütig und tat niemandem etwas Gutes, und wenn ihn auch ein Notleidender ansprach, so half er ihm doch nicht, sondern lachte ihn aus. Da strafte ihn aber Gott für all sein Tun, und er kam so ins Elend, daß er all sein Gut verlor und diese vielen Schulden gemacht hat. Darum wurde sein Leichnam nun so behandelt.«
Nachdem die Ratsherren so den Grund erzählt hatten, ließen sie alle seine Schuldner zusammenkommen. Und in jedem Wagen saßen zwei Männer und lasen die genannten Zahlen, wieviel sie bekämen. Da mußte er denn die zwölf Rüstwagen mitsamt den Pferden hingeben und befriedigte die Schuldner damit so vollständig, daß, wie er auch das Begräbnis bezahlt hatte, so blieb ihm grade noch ein halber Groschen. Wie er damit heimgehen wollte, da trat ihm ein alter Bettler entgegen und rief: »Ach, Euer Gnaden, mir ist er auch schuldig gewesen, einen halben Groschen ist er mir schuldig gewesen.« Da gab er dem Bettler sein letztes Geldstück.
Danach entließ er alle seine Diener, er selber aber machte sich auf den Heimweg, und mit Müh und Not konnte er sich so durchbetteln; indessen warteten seine Eltern und warteten, weil so große Not an Waren war. Wie er schon nahe an der Stadt war, so traf er zufällig mit seinem Vater zusammen, der da draußen spazierenging. Der Sohn erkannte seinen Vater auf der Stelle und rief ihm entgegen: »Lieber Vater, wie geht's dir?«
Da sagte der: »Bist du denn mein Sohn Karl?«
»Ja, freilich bin ich der!«

»Nun, was machst du denn?«
»O, mir geht's gar nicht gut; ich habe ein paar tüchtige Schiffbrüche erlebt; auf dem Meer haben mich die Seeräuber überfallen, und weil wir keine Waffen hatten, so konnten wir uns nicht verteidigen; unsre Schiffe wurden in Stücke zerschossen, und ich rettete mich zum Glück auf einem Brett; so kam ich an einen Teil der Insel, wo ich drei Tage warten mußte, bis ein anderes Schiff kam und mich mitnahm.«
Alle diese ausgedachten Lügen brachte Karl vor, sein Vater aber bedauerte ihn von ganzem Herzen, wie er das hörte; dann, nachdem sie sich alles erzählt, gingen sie heim zur Mutter und berichteten es auch der; aber die Mutter sagte: »Das ist alles nichts, wenn du nur wieder hier bist!« Karl aber sagte zu seinen Eltern: »Weil die Waren denn doch so notwendig sind, so will ich jetzt noch einmal gehn.«
Da belud der Vater zwölf Schiffe mit Geld und sagte zu ihm: »Nun fahre diesmal nach England.«
Alsbald wurden alle Anordnungen getroffen und sie segelten nach England; aber dort kauften sie nicht gleich ein, sondern mußten weiter bis zur königlichen Hauptstadt. Wie sie nahe an die Königsstadt kamen, da dachten die Bewohner der Stadt, der Feind käme. Darum schossen sie auf die Schiffe, daß sie sie beinahe zertrümmert hätten. Da wußte nun Karl eine Weile wirklich nicht, was er machen sollte, ob er vorwärts sollte oder umkehren; beides konnte ihm übel bekommen. Darum beriet er sich mit dem Schiffshauptmann auf seinem Schiffe, was sie machen sollten; der aber sagte: »Das Beste ist, wir ziehen eine weiße Fahne auf.« Das taten sie auch, und sogleich schickten sie aus der Stadt einen Boten an Karl, dem sagte er, er wäre Kaufmann und wollte Waren holen; da kehrte der Bote wieder um und erzählte das in der Stadt.
Sogleich wurden die Hafentore aufgetan, und so konnten sie bis nahe an die Stadt heransegeln. Auf der Stelle ging

Karl zum Stadtobersten und bat um die Erlaubnis, daß er vierzehn Tage hierbleiben und einkaufen dürfte. Das erlaubten sie ihm auch gern.
In der Zeit ging Karl mit seinem Schiffshauptmann in der ganzen Stadt spazieren und besah sich alles, und so kam er auch an einem Stadtende an das königliche Schloß. Da sahen sie auf einmal drei Mädchen, die Hände auf dem Rükken, an eine Säule gebunden, und sahen, wie sie von den Leuten angespien wurden. Weil sie das aber nicht mittun wollten, so wurden sie ergriffen und vor den König geführt.
»Hörst du wohl?« sagte der König. »Siehst du hier die neunundneunzig Köpfe aufgesteckt? Wenn du nicht tust, was befohlen ist, so soll deiner der hundertste werden.«
Aber da antwortete Karl: »Großmächtigster König, das tu ich nicht eher, als bis ich die Ursache weiß, denn mir haben die drei nie etwas getan.«
Da sagte der König zu ihm: »Wenn du das wissen willst, so kannst du es allerdings erfahren und dein Leben retten, wenn du recht viel Geld hast.«
Karl aber antwortete wiederum: »Großmächtigster König! Ich habe zwölf Schiffe voll Geld mitgebracht.«
»Gut«, sagte der König, »wenn du mehr Geld hast, als mein Riese auf einmal tragen kann, so sollst du Geld und Leben behalten; kann er's aber tragen, so ist Geld und Leben zusammen verloren.«
Da schickte Karl seinen Schiffshauptmann an Bord, er möchte den andern sagen, daß sie alles Geld in Gold umwechselten. Den Karl aber ließ der König nicht wieder gehn, sondern sagte ihm, aus welchem Grunde die drei Mädchen dort angebunden stünden; der Riese aber ließ sich unterdessen einen Sack aus vierundzwanzig Büffelhäuten zusammennähen. »Nun, Karl«, sagte der König, »jetzt will ich dir die Sache erzählen. Die eine von den dreien ist eine Fürstentochter, die Tochter des Königs von

Frankreich; die beiden anderen aber sind ihre Zofen. Wie ich einmal Krieg hatte mit ihrem Vater, so nahm mich der gefangen und setzte mich in eine Festung; sobald ich aber diesen meinen starken Riesen fand, so siegte ich wieder, und weil ich nun am Vater meine Rache nicht auslassen kann, so tue ich wenigstens seiner Tochter alles Leid an.«

Nachdem sie das Geld ganz gewechselt, packte Karl seine Dukaten wieder in seine Schiffe; dahin begaben sich nun Karl, der König und sein Riese, und dieser hatte den Ledersack über die Schulter hängen. Sowie sie dort angekommen waren, fing der Riese an, seinen Sack zu füllen und steckte die Dukaten von zehn Schiffen hinein; wie er aber sah, daß doch nicht alle hineingingen, schüttelte er den Sack ordentlich, und so brachte er noch die Dukaten vom elften hinein. Nun sah er aber wieder, daß er nicht mehr fassen könnte, da trat er's mit dem Fuße fest drin, und so brachte er auch das Geld vom zwölften zur Hälfte noch hinein, aber ganz ging's doch nicht, dazu war der Sack zu voll. Da packte der Riese den Sack und ging hinter dem König her, Karl aber ging hinter beiden drein. Wie nun Karl sah, daß der Riese müde wurde, weil ihm alle Knochen knackten, so seufzte er heimlich gen Himmel, er möchte ihn doch nicht im Stich lassen und nicht zugeben, daß dieser wütende König Rache an ihm nähme.

Der Heidenkönig freilich freute sich unterdessen insgeheim; aber wie der Riese auf der Schloßtreppe den Sack voll Dukaten so recht derb aufsetzte und ihn vollends hinaufschleppen wollte, da fiel er rücklings über und brach sich den Hals; auch der Sack barst mittendurch, und die Dukaten rollten bis ans Tor. Da sagte der König: »Höre, Karl, du wärst mitsamt deinem Gelde verloren, und die Königstochter dazu, wenn mein Riese da noch lebte.«

Da räumten sie alles Geld gleich auf die Schiffe, und weil der König befohlen hatte, wenn sie in vierundzwanzig Stunden das Land nicht verließen, dann würden sie gehängt, so eilten sie gewaltig, daß sie sobald wie möglich fortkämen. Unterdes aber machte Karl mit dem Schiffshauptmann die Königstochter samt ihren beiden Zofen von der Steinsäule los und brachte sie mit aufs Schiff. So wie sie das Geld wieder eingesackt hatten, machten sie so rasch wie möglich und ruderten so tüchtig, daß sie in vierundzwanzig Stunden außerhalb der Landesgrenze waren. Und das war ihr Glück, sonst hätte der König doch noch seine Wut an ihnen ausgelassen.

Eines Tages unterwegs kamen sie in eine kleine Stadt, wo sie sich vierzehn Tage aufhielten. Da sagte er zu seinen Dienern: »Nehmt euch Geld, soviel ihr braucht, und kauft ordentlich für euch ein.« Während dieser Zeit wechselten die Mädchen ihre Kleider und gewannen auch ihre blühende Farbe wieder: Die Königstochter besonders war ausnehmend schön. Da ließ er denn ein Paar Ringe machen, den einen für sich, den andern für die Königstochter, die Jenny hieß. Nachdem die vierzehn Tage vorbei waren, fuhren sie weiter nach Amsterdam; und wie sie schon ganz nahe waren, ließ Karl seine Leute drei Stücke lösen, damit sein Vater seine Ankunft erführe. Aber in der Stadt wußten sie nicht, was sie von dem Schießen denken sollten.

Der König erschrak sehr, denn seine Soldaten waren grade alle nicht zu Hause; also zog er eine weiße Fahne auf als Zeichen, daß der Fremde ungefährdet in die Stadt könnte. Wie sie aber herankamen, da sah der König, daß es gar keine Feinde waren; und wie er gar die schöne Fürstin und die vielen Dukaten sah, wie sie gelandet wurden, so dachte er, es wäre irgendein großer Held, darum empfing er ihn auch mit vielen Kanonenschüssen als Gruß. Karls Vater aber war nicht sehr traurig drum, daß er keine Ware gebracht hatte, vielmehr freute er sich über das schöne Geld aus fremdem Lande; und noch mehr, wie sein Sohn ihm sagte, er wollte die befreite Königstochter zur Frau nehmen. Darüber freute sich die Prinzessin sehr und sagte zu ihm: »Hörst du, wir müssen auch einmal in meines Vaters Land ziehn; aber ehe wir das tun, mußt du ausgehn und grade so ein Pferd suchen, wie ich hier eins gemalt habe, und mir heimbringen.« Nun zog Karl hin und her im Lande, aber nirgends konnte er so ein Pferd finden.

Einmal, wie er grade auf dem Heimweg war, sah er einen alten Mann mit einem Wagen, den die beiden vorgespannten Pferde gar nicht aus dem Morast herausziehn konnten. Da stieg er von seinem eignen Pferde ab, machte sich mit dran und brachte den Wagen richtig heraus.

Unterdessen war das zurückgebliebene Fohlen des armen Mannes nachgekommen. Wie Karl das sah, dachte er auf der Stelle: »So eins hab ich doch noch nie gesehn.« Dann nahm er das gemalte Pferd heraus und fand es dem Fohlen ganz ähnlich. Auf der Stelle bot er dem Bauer für das Fohlen mitsamt seiner Mutter hundert Dukaten; wie aber der arme Mann anfing, um sein Fohlen zu klagen, und er das hörte, da gab er ihm zweihundert.

Nun ging er mit dem gekauften Fohlen heim und zeigte es der Königstochter. Da sagte die: »Das Fohlen ist ganz und gar so, wie meines Vaters Pferd war; darum, lieber Karl, tu's in ordentliche Pflege, daß es sich ausruhen kann; dann ziehst du damit nach Paris zu meinem Vater, und ich gebe dir einen Brief mit, in den schreib' ich, wo und wie du mich befreit hast, und schreib' auch: Er soll herkommen zu uns, denn wenn ich erst zu ihm hinreisen soll, so werde ich nicht glücklich.«

Nachdem sich nun das Fohlen ein halbes Jahr ordentlich ausgeruht hatte, so machte sich Karl auf und fuhr auf einer Fähre gleich bis Frankreich. Da konnte er das Fohlen mitnehmen und allerlei königliche Kleidung. Sowie er ans Land gestiegen war, band er die Fähre an, zog königliche Kleider an und bestieg sein Roß, so daß, wer ihn sah, denken mußte, er wäre der König von Paris.

Wie er in der Stadt angekommen war, ritt er gleich bis zum

Schloß; hier stieg er vom Pferd, band's aber nicht an, sondern ließ es so, damit er desto rascher wieder fortsprengen könnte, wenn er fertig wäre. Denn er wollte nicht, daß man ihn kennen sollte. Er ging also zum König, grüßte ihn und übergab ihm den Brief, den er mit großem Jubel empfing; sogleich aber rannte jener die Treppe wieder herunter und galoppierte davon. Als der König nun den Brief aufgemacht hatte, las er gleich in den ersten Zeilen: »Überbringer dieses ist der Jüngling, der mich vom Schandpfahl erlöst hat, darum komm und besuche mich. Ich bin jetzt in der Stadt Amsterdam.«

Sowie der König diesen Brief gelesen hatte, schickte er Karl ein paar Boten nach, die brachten ihn denn auch bald, weil er noch nicht auf dem Meer war, wieder vor den König geführt. Darauf sagte der zu ihm: »Wie kannst du doch mein Haus so schnell wieder verlassen, da du dir ein solches Verdienst darum erworben hast, daß ich dir soviel wie möglich zu vergelten schuldig bin. Ich kann freilich jetzt nicht selber mit dir, aber ich will dir sechstausend Mann zu Fuß mitgeben unter einem General; mit denen geh und bringe mir meine Tochter her.«

Da setzten sie sich sogleich zu Schiffe, und wie sie schon in der Nähe von Amsterdam waren, so bat Karl den kommandierenden General, er möchte von seinen Leuten drei Kanonen lösen lassen. Wie sie das taten, da dachte der König, Karl hätte wieder ein Reich erobert und käme nun, wieder es seinem Vater zu melden.

Kaum waren sie ans Land gestiegen, so kam ihnen Prinzessin Jenny entgegen und sagte: »Lieber Karl, ich sehe, du bist nicht glücklich gewesen, weil mein Vater nicht kommen kann.« Da wurde nun der General in das Haus des Kaufmanns einquartiert, die übrigen Soldaten aber in die Stadt, und während der ganzen Zeit freigehalten; sie brauchten für Essen und Trinken keinen Heller zu zahlen. Aber weil für die Prinzessin nunmehr ihres Bleibens nicht

mehr war, so beredete sie Karl, daß sie sich zu ihrem Vater nach Frankreich aufmachten. Der König aber geleitete sie mit der größten Pracht aus der Stadt.
Die Prinzessin, Karl und der General nahmen nun ein Schiff für sich. Unterwegs aber, während sie auf See waren, verliebte sich der General in die Königstochter und dachte bei sich: Wenn ich den Karl nicht beiseite schaffe, so kann ich meinen Wunsch nicht erreichen. Wie sie nun schon ein gut Stück von Amsterdam weg waren, so fanden sie eine Insel, wo ein schöner Ort zum Lustwandeln war. Karl stieg also aus, um sich ein wenig zu ergehen. Sowie der General das sah, befahl er seinen Leuten, rasch weiterzufahren.
Auf dem Schiff merkte das niemand weiter als die Schildwache; die hatte der General aber bestochen und ihr einen Eid abgenommen, niemandem etwas zu sagen; wenn sie in Paris angekommen wären, sollte er auch avancieren.
So ging's denn fort, ohne daß Karl etwas davon merkte, auch das Mädchen schlief unterdessen. Wie sie endlich aufwachte, suchte sie ihren Karl überall und fragte die andern, wo er sei; aber niemand wußte etwas von ihm zu sagen. Da kam sie denn auf den Gedanken, er könnte ins Meer gesprungen sein, und nahm sich fest vor, nie von ihm zu lassen.
Sowie sie nun daheim ankamen, war des Königs erste Frage nach Karl; aber sooft er nach ihm fragte, antwortete der General: »Ja, ich weiß nichts von ihm.« Auch das Mädchen wußte nichts über ihn zu sagen. Auch als sie schon ein gutes Weilchen wieder zu Hause war, war sie immer noch traurig und voll Sehnsucht nach ihrem Karl. Der General hielt um sie an, aber sie sagte, sie wollte nicht heiraten, sondern auf ihren Karl warten. Ihren Vater aber bat sie, er möchte ihr ein Jahr, einen Monat und einen Tag gewähren, daß sie auf ihren Bräutigam warten könnte. Dann richtete sie am Stadttor eine Schenke ein und gab Befehl, wer in Karls Namen etwas forderte, dem sollten

sie's umsonst geben. Da ging sie nun jeden Tag hin und weinte auf ihrem Zimmer, und küßte ihren Ring, auf dem Karls Name stand.
Karl lebte indessen schon ein ganzes Jahr von Wurzeln und hatte noch keinen an die Insel herankommen sehn; da kam aber eines Tages ein alter Mann heran, den winkte er zu sich. Wie der Alte näher kam, rief er ihm zu: »Steig in meinen Kahn, Karl.«
Da schrak Karl zusammen und fragte: »Woher weißt du, mein guter Alter, daß ich so heiße? Du mußt mich gut kennen, daß du meinen Namen sagtest!«
Da setzte ihn der Alte über, gab ihm drei Dukaten und sagte: »Ich bin der Mann, den du in der Türkei auf deine Kosten befreit und begraben hast. Ich war die Leiche an der Tempeltür, dir dank' ich's, daß ich lebe. Nun mach aber, daß du nach Paris kommst; deine Braut hat noch nicht geheiratet, aber am Stadttor hat sie eine Schenke gebaut, da wird jeder freigehalten, der in deinem Namen fordert; die Königstochter kommt auch alle Tage selber hin. Geh und sei glücklich.« Da verabschiedeten sie sich voneinander, Karl dankte dem Alten für seine Gefälligkeit, dann machte er sich auf den Weg nach Paris.
Dort angekommen, kehrte er, solange sein Geld reichte, in ein Wirtshaus ein und verlangte ein Zimmer für sich. So lebte er da drei Tage von seinem Geld; da entließ der König von Frankreich grade seine beurlaubten Soldaten. Einer von ihnen kam grade in dasselbe Wirtshaus, in der einen Hand seinen Urlaubspaß, in der andern vier Kreuzer, und brummte für sich: »Vierundzwanzig Jahre im Dienst, und nun krieg' ich bloß vier Kreuzer ausgezahlt!« Wie Karl den alten Soldaten sah, rief er ihn heran und fragte ihn, was ihm fehlte. Da erzählte ihm der Soldat seine Klage, Karl aber sagte: »Warum bittet Er sich denn nicht mehr aus?«
»Oh, das hab ich getan«, war die Antwort, »aber ich habe nicht mehr gekriegt.«

»Nun, wart' Er hier ein bißchen«, sagte Karl, »geb' Er mir seine Sachen, ich will in seiner Person hingehn, bleib' Er nur so lange hier.«
So lieh ihm denn der Soldat seine Kleider, Karl ging in die Schenke und sagte: »In Karls Namen bitt' ich mir Essen und Trinken aus, und auch Geld, denn das hab ich sehr nötig.«
Der Wirt fragte, wieviel er brauchte; da sagte er: »Drei Dutzend Dukaten.«
Das bekam er auch und ging damit zurück in seine Wohnung. Da sagte er zu dem alten Soldaten: »Nun schau Er mal: Drei Dutzend Dukaten hab ich gekriegt; aber wart Er nur bis morgen, da werd' ich nochmal gehn, vielleicht blüht da mein Weizen erst recht.«
Am andern Tag ging die Königstochter in das Wirtshaus und fragte: »Ist jemand dagewesen, der Karls Namen erwähnt hat?«
»Jawohl«, sagte der Wirt, »es war ein abgedankter Soldat da, und wir haben ihm alles gegeben, was er wollte.«
Tags darauf kam Karl wieder so in das Wirtshaus und forderte »in Karls Namen« Essen und Trinken und sechs Dutzend Dukaten, und sie gaben's ihm auch.
Da zeigte er sie wieder dem alten Soldaten und sagte: »Nun schau Er mal, hat der König mir wieder sechs Dutzend gegeben; wart Er nur noch einen Tag, so hat man mich vertröstet.«
Indes kam die Königstochter wieder in das Wirtshaus und fragte, ob niemand dagewesen wäre, in Karls Namen etwas zu fordern. Da antwortete man ihr: »Ja, der Soldat ist wieder dagewesen und hat gekriegt, was er wollte.« Da weinte und schluchzte die Königstochter und betete: Wenn er noch am Leben wäre, so möcht' er ihr doch wieder zugeführt werden, denn nun wäre ihre Zeit um und sie müßte nun heiraten.
Am dritten Tage kam der Soldat wieder und forderte in

Karls Namen zu essen und zu trinken und zwölf Dutzend Dukaten; zudem wollte er aus dem goldenen Becher trinken, aus dem die Königstochter gewöhnlich trank. Das wollten sie ihm zuerst nicht erlauben; weil er aber sagte, es dürfte ja keine Bitte abgeschlagen werden, die in Karls Namen geschähe, so füllten sie ihm endlich den Goldbecher mit Wein. Da trank er ihn halb aus, tat aber seinen Ring hinein, und sagte zu den Leuten, sie möchten der Königstochter bestellen, er ließe sie in Karls Namen bitten, den Wein auszutrinken.

Sowie der Soldat fertig war, sahen sie nach, ob noch etwas im Becher drin war; da sahen sie den goldenen Ring drin und freuten sich, daß er nicht alles getrunken hatte; denn sonst, dachten sie, hätt' er auch den Ring mit hinuntergetrunken, den die Königin gestern hier vergessen hat.

Indes ging Karl heim in seine Wohnung und übergab sein Gold dem alten Soldaten, den er nachgemacht hatte, mit den Worten: »Nun, Alter, haben wir's hier. Jetzt haben sie Ihn bezahlt, mehr kriegt Er nicht, nun geh Er in Gottes Namen!«

Da sagte der Soldat, er sollte die Hälfte davon für sich nehmen, weil er's ihm ja verschafft hätte, aber Karl dankte und nahm nichts, sondern sagte: »Ich habe schon so zu leben.« So ging denn der abgedankte Soldat seines Weges, Karl aber zog wieder seine Kleider von vorher an.

Wie nun die Königstochter wiederkam und nachfragte, ob niemand dagewesen und in Karls Namen um etwas gebeten hätte, da sagten die Wirtsleute: »Ja, der alte Soldat ist wieder dagewesen und hat durchaus aus Eurer Hoheit Becher trinken wollen, und da haben wir's auch erlaubt; da hat er aber hinterlassen: Eure Hoheit sollte in Karls Namen den Rest Wein austrinken. Aber es ist nur gut, daß er die Hälfte übriggelassen hat, denn Eure Hoheit hatte ihren Ring drin gelassen.«

Da sagte die Prinzessin: »Was für ein Ring? Ich habe ja meinen am Finger!«
»Aber der hier ist gradeso.«
»Laßt doch mal sehen.«
Da sah sie denn auf einmal, daß es der Ring war, den sie Karl gegeben hatte; darüber freute sie sich gewaltig, trank den übriggelassenen Wein aus und fragte die Leute aus, was es für ein Soldat gewesen sei. »Vierundzwanzig Jahre hatte er gedient«, sagten die. »Nun ist er in seine Heimat gegangen und wird so bald nicht wiederkommen.«
Da ging die Königstochter zu ihrem Vater und sagte ihm: Karl wäre noch am Leben; er möchte doch alle abgedankten Soldaten zusammenrufen, daß sie sie mustern könne. Nicht lange, so waren sie auch alle beisammen, aber der eine, den sie suchte, war doch nicht drunter. Da sagte sie: »Hört, ihr Alten, hat keiner von euch sich einmal verkleidet?« Und zugleich versprach sie auf Ehrenwort, daß keiner dafür bestraft werden sollte. Da meldete sich der alte Soldat und sagte: »Durchlauchtigste Prinzessin, nun meinetwegen so will ich's gestehen: Ich habe einmal meine Kleider mit einem jungen Herrn getauscht, der am Stadttor in einem Wirtshause wohnte.«
»Nun, und was gab der dir?« fragte die Königstochter.
»So und soviel Dukaten; aber wo er sie her hat, weiß ich nicht.« Da beschenkte die Königstochter den Mann reichlich, und auch die andern, weil sie alle den Weg noch einmal gemacht hatten.
Auf der Stelle ließ nun der König seine vierspännige Kutsche anspannen, und so fuhren sie feierlichst dorthin; aber wie sie den Gastwirt fragten, wo denn hier der Fremde sei, und der ihnen auch die Stube zeigte, da hatte sich Karl schon eingeschlossen. Sie riefen ihm zu, er sollte aufmachen, und pochten an die Tür; er aber gab zur Antwort: »Geht, ich bin kein Dieb oder sonst ein schlechter Mensch, darum laßt mich in Frieden.«

»Nein, nein«, rief man ihm wieder zu; »der König hat nach Euch geschickt«, aber weil sie durchaus nicht hinein konnten, so kehrten sie um und meldeten, wie die Sache stünde. Da ging die Königstochter selber hin mit einem Hauptschlüssel, schloß auf und ging in die Stube.
Da zog Karl seinen Säbel, hieb nach ihr und sagte: »Wenn du nicht auf der Stelle herausgehst, so stech' ich dich tot.« Aber die Königstochter antwortete: »Mein lieber Karl, das tu du nur, ich sterbe gern für dich, du hast mich ja auch erst vom Tod errettet.«
Wie sie das sagte, hob er sie auf, küßte sie und sagte: »Denke nur nicht, mein Lieb, daß ich vielleicht im Zorn dich wirklich geschlagen hätte, aber ich wollte nur wissen, wie groß deine Liebe zu mir ist.«
Da gingen sie heim, und wie er die Tat des Generals erzählte, ließ der König den hinrichten; dann hielten sie eine große Hochzeit und feierten die Befreiung der Königstochter und Karls Wiederkommen auf einmal. Dann gingen sie zu Karls Eltern; die gaben aber die Kaufmannschaft auf und zogen mit ihnen nach Paris, und da lebten sie noch viele Jahre vergnügt zusammen.

Der Königssohn, der sich nach Unsterblichkeit sehnte

Es war einmal, ich weiß nicht wo, jenseits von siebenmal sieben Königreichen und noch weiter, auch jenseits des Operenzmeeres, auf der zusammengefallenen Seite eines zusammengefallenen Ofens, in der siebenundsiebzigsten Falte eines Altweiberrockes ein weißer Floh. In dessen mittelster Mitte war eine glänzende, königliche Stadt; in der Stadt aber wohnte ein ältlicher König, der hatte einen einzigen, vielversprechenden Sohn. Um es kurz zu sagen: Auf diesen Sohn setzte der König große Hoffnungen; darum ließ er ihn in allen Wissenschaften unterweisen; dann schickte er ihn in fremde Länder, damit er etwas sehe, höre und erfahre.

Mehr als ein Jahr war der Königssohn nun schon dort herumgereist, als er schließlich auf seines Vaters Wunsch heimkehrte. Aber auf den vielen Wanderungen hatte der Königssohn seine Natur ganz geändert; er war nachdenklich und traurig geworden. Das machte den König ganz stutzig, und er sann nach, was wohl die Ursache dieser großen Veränderung sein könnte. Er sprach jedoch zu niemandem davon; nur in sich brütete er darüber, bis er auf den Gedanken kam, der Königssohn sei sicherlich verliebt, darum sei er so nachdenklich.

Da geschah es einmal, daß der König mit dem Königssohn selbander im Speisesaal der königlichen Residenz war; da nahm der König seinen Sohn beim Arm, führte ihn in das Nebenzimmer, das war ganz voll mit allerlei schönen Mädchenbildern, und sprach zu ihm: »Mein lieber Sohn, du bist sehr mißmutig. Es wäre gut, wenn du heiratest.

Sieh, in diesem Zimmer sind alle Kaiser-, Königs- und Fürstentöchter abgemalt; du kannst nach deinem Gefallen wählen. Welche am meisten nach deinem Herzen ist, die nimm dir zur Gemahlin! Nur laß mich dich besserer Laune sehen!«

»Ach, mein lieber königlicher Vater«, erwiderte der Königssohn, »weder Liebe noch Heiraten bekümmern mich. Aber der Gedanke macht mich traurig, daß alle Menschen, auch die Könige, einmal sterben müssen. Deshalb möchte ich ein Reich auffinden, wo der Tod keine Macht hat. Auch bin ich fest entschlossen, und sollte ich mir auch die Füße bis zu den Knien ablaufen, so lange will ich wandern, bis ich es finde.«

Der alte König wandte alles auf, seinen Sohn von seinem Vorhaben abzubringen; er sagte ihm, das sei unmöglich. Er erzählte ihm, daß er schon fünfzig Jahre dieses Landes König sei, immer zufrieden und glücklich gelebt habe, und zugleich bot er seinem Sohne an, daß er ihm auch das Königreich übergeben wolle; nur möge er wieder guter Dinge sein und daheim bleiben. Aber der Königssohn blieb fest bei seinem Vorsatz. Am andern Morgen band er ein Schwert an die Seite und machte sich auf die Reise.

Als er schon seit mehreren Tagen aus seines Vaters Reich gewandert war und so auf der Straße schlenderte, sah er von weitem einen riesengroßen Baum, als wenn da in seinem Wipfel ein großer Adler schwebte. Er trat näher an den Baum, da sah er, daß wirklich ein großer Adler in dem Wipfel dieses großen Baumes die Äste tüchtig rüttelte und die Zweige nach allen Seiten auseinander trieb.

Wie er noch darüber staunt, überlegt sich's der Adler, läßt sich neben dem Königssohn nieder, schlägt einen Purzelbaum; da wird er zu einem König und fragt den erstaunten Königssohn: »Worüber wunderst du dich, Brüderchen?«

»Nun wahrhaftig, ich wundere mich«, entgegnet dieser, »warum du dieses großen Baumes Wipfel rüttelst.«

Darauf sagt der Adlerkönig: »Siehst du, ich bin dazu verdammt, daß weder ich noch einer von meiner Sippschaft sterben darf, bis ich diesen Baum hier mit der Wurzel ausgerüttelt habe. Aber es ist schon Abend; heute arbeite ich nicht weiter, sondern gehe nach Hause, und auch dich werde ich gern als Gast zur Nacht in meinem bescheidenen Hause sehen.« Der Königssohn schlug ein, und sie spazierten zusammen zur Residenz des Adlerkönigs. Nun hatte aber der Adlerkönig eine wunderbar schöne Tochter; die empfing ihren Vater und den königlichen Gast und ließ sogleich den Tisch decken und versorgte sie mit Abendbrot. Während des Nachtmahls fragte der Adlerkönig unter anderen Gesprächen den reisenden Königssohn, was das Ziel seiner Reise sei. Der Königssohn eröffnete ihm darauf, daß er just so lange umherreisen wolle, bis er ein Reich gefunden, wo der Tod keine Macht habe.
»Nun, lieber Bruder«, sagte der Adlerkönig, »da bist du gerade an den rechten Ort gekommen. Hörtest du nicht, daß weder über mich noch über einen meiner Sippschaft der Tod irgendwelche Macht hat, bis ich jenen großen Baum mit Stamm und Wurzel ausgerüttelt habe? Bis dahin werden wohl sechshundert Jahre verstreichen. Heirate meine Tochter, und hier bei mir könnt ihr dann lang genug leben!«
»Ach, lieber Herr Bruder König, das wäre alles ganz schön; aber nach sechshundert Jahren müssen wir dann doch sterben. Ich dagegen will einen Ort auffinden, wo der Tod niemals Macht haben wird!«
Auch die Königstochter hieß ihn bleiben; denn sie waren schon vertraut miteinander geworden; aber auch sie konnte ihn auf keine Weise zum Bleiben bewegen. Schließlich gab sie ihm, damit er nicht ohne ein Andenken wieder von ihr gehe, ein Kästchen, auf dessen innerem Boden ihr Bild gemalt war, und sagte zu ihm: »Nun, du Königssohn, da du doch keinesfalls bei mir bleibst, so nimm

dieses Andenken! Ihm ist folgende Kraft zu eigen: Wenn du auf deiner Wanderschaft müde wirst, öffne das Kästchen, schaue mein Bild an, und du kannst reisen, wie es dir einfällt; wenn du willst, in der Luft, wenn dort der Wind zu scharf geht, auf der Erde, wie der schnelle Gedanke oder wie der schnelle Wirbelwind.«

Der Königssohn bedankte sich für das Kästchen und steckte es in die Tasche. Anderntags nahm er Abschied vom Hause des Adlerkönigs und setzte seine Reise fort.

Eine Weile war er auf der Landstraße gegangen; aber nach einiger Zeit begann er müde zu werden, und das Kästchen fiel ihm ein; er zog es nun hervor, öffnete es und schaute das Bild der Königstochter an und dachte bei sich: »Könnte ich dahineilen wie der schnelle Wind oben in der Luft!«, und sofort wurde er emporgehoben und eilte dahin wie der schnelle Wind.

Als er eine gute Strecke zurückgelegt hatte und oberhalb eines riesig großen, hohen Berges dahineilte, sah er, daß ein kahlköpfiger Mann mit Spaten und Haue Erde vom Gipfel des Berges in einen Korb lud und abwärts trug. Der Königssohn hält an und wundert sich darüber. Der kahlköpfige Mann hält auch an und fragt den Königssohn: »Worüber wunderst du dich, Bruder?«

»Nun wahrlich, ich wundere mich, wohin Ihr diesen Korb mit Erde von hier tragen mögt!«

»Ach, lieber Bruder«, sagt der Alte, »ich bin dazu verdammt worden, daß weder ich noch jemand aus meiner Familie sterben kann, bis ich den großen Berg mit diesem Korb abgetragen und den Platz hier eben gemacht habe. Aber es wird schon Abend; heute arbeite ich nicht mehr.«

Damit schlug er einen Purzelbaum, und aus ihm wurde ein kahlköpfiger König, der trat zu dem reisenden Königssohn und lud ihn ein, bei ihm zu übernachten. Sie gingen zusammen zur Residenz des kahlen Königs; der hatte nun aber eine noch hundertmal schönere Tochter wie der vo-

rige; die empfing sie herzlich und versorgte sie geschwind mit einem Nachtmahl. Während des Nachtmahls befragte der kahle König den reisenden Königssohn, wie lange er umherreisen wolle, worauf der Königssohn wiederum antwortete, daß er so lange umherreisen wolle, bis er ein Reich finde, wo der Tod keine Macht habe.
»Da kommst du gerade an den rechten Ort«, sagt auch der kahle König. »Denn wie ich dir sagte, bin ich dazu verdammt worden, daß weder ich noch einer meiner Familie sterben kann, bis ich jenen großen Berg ganz abgetragen habe; bis dahin werden wohl achthundert Jahre vergehen. Heirate meine Tochter; soviel sehe ich ohnehin, daß ihr euch zusammen nicht langweilt, und achthundert Jahre lang könnt ihr genug leben.«
»Allerdings«, sagt der Königssohn, »aber ich will dorthin gehen, wo der Tod niemals Macht haben wird.«
Damit stand er auf, und nachdem er gute Nacht gesagt hatte, ging er in sein Schlafzimmer. Am andern Tag standen alle sehr früh auf; die Königstochter bat den Königssohn aufs neue, zu bleiben; aber er blieb durchaus nicht. Damit der Königssohn nicht ohne jedes Andenken fortgehe, gab sie ihm einen goldenen Ring, der hatte die Kraft, wenn sein Eigentümer ihn am Finger drehte, so war er sofort dort, wo er zu sein wünschte. Der Königssohn nahm den Ring, bedankte sich dafür, und dann nahm er Abschied und machte sich wieder auf den Weg.
Eine Weile war er auf der Landstraße gegangen, da kam ihm der geschenkte Ring in den Sinn; er drehte ihn also an seinem Finger und dachte bei sich, daß er just am Ende der Welt sein möge. Er schließt die Augen, und wirklich, in einem Augenblick, als er die Augen öffnet, ist er inmitten einer prächtigen, königlichen Stadt und geht in ihren Straßen auf und ab. Er sah viele Menschen in sonderbarer Kleidung und von sonderbarer Gestalt; in siebenundzwanzigerlei Sprachen versuchte er mit ihnen zu reden;

denn so viele Sprachen kannte der Königssohn; aber niemand antwortete ihm auf eine. Das bekümmerte ihn; denn was sollte er hier tun, wo er sich mit niemandem unterhalten konnte! Er spaziert so lange umher in seinem Kummer, bis er auf einmal einem so gekleideten Menschen begegnet, wie sie in seinem eigenen Lande zu gehen pflegen; er spricht ihn in seiner eigenen Sprache an; der kann auch wirklich darauf antworten. Zuallererst fragt er ihn also, was dies für eine Stadt sei. Der Mann setzt ihm auseinander, daß dies die Hauptstadt vom Lande des Blauen Königs sei; aber der König selbst sei tot, es sei nur eine liebe, schöne Königstochter da, und die herrsche über sieben Reiche; denn von dem ganzen Königshaus sei niemand anderes mehr da. Der Königssohn war mit dieser Auskunft zufrieden und fragte den Mann, ob er ihm die königliche Residenz weisen könne.

»Von Herzen gern«, sagte der Mann und führte den Königssohn zur Residenz und verabschiedete sich dort von ihm. Der Königssohn betrat die Residenz, und da saß die Prinzessin auf den Stufen der Residenz, stickte goldglänzende Nebelschleier, und der Königssohn ging gerade auf sie zu. Die Prinzessin aber stand von ihrem Sitzplatz auf, und da sie erkannte, daß der Königssohn kein Alltagsmensch war, führte sie ihn in den Palast und nahm ihn dort wie einen Fürsten auf. Nach mancherlei Gesprächen, als die Prinzessin das Vorhaben des Königssohns erfahren hatte, bat sie ihn, daß er bei ihr bleiben und ihr Gefährte in der Regierung werden möge. Jedoch der Königssohn erklärte, daß er sich nur in dem Reich niederlassen wolle, wo der Tod keine Macht habe. Da nahm die Prinzessin den Königssohn beim Arm, führte ihn an die Tür eines Nebenzimmers, und siehe! So vollgesteckt mit Nähnadeln war der Fußboden jenes Zimmers, daß auch nicht eine mehr hätte hineingesteckt werden können.

»Nun, du Königssohn«, sagt nun das Fräulein, »siehst du

diese zahllosen Nähnadeln? Ich bin dazu verdammt, daß weder ich noch jemand, der zu meiner Familie gehört, sterben kann, bis ich diese vielen Nadeln nicht aufgebraucht, beim Nähen abgenutzt habe. Bis dahin werden aber tausend Jahre verstreichen; wenn du bei mir bleibst, können wir bis dahin genug leben und regieren.«
»Allerdings«, sagt der Königssohn, »aber nach tausend Jahren müssen wir dann doch sterben; ich hingegen suche ein Reich, wo der Tod niemals Macht hat.«
Die Nebelschleier stickende Prinzessin gab sich Mühe genug, den Königssohn von seinem Vorhaben abzubringen; schließlich erklärte er, daß er nicht bleiben, sondern seine begonnene Reise fortsetzen werde. Da trat die Prinzessin zum Königssohn und sprach also zu ihm: »Da ich dich auf keine Weise zurückhalten kann, so empfange von mir zum Andenken eine kleine goldene Gerte; die hat die Kraft, daß sie sich im Notfall in das verwandelt, in was du sie verwandelt denkst.«
Der Königssohn bedankte sich für das Geschenk der Prinzessin, steckte es in seine Tasche; darauf nahm er Abschied von ihr und machte sich aufs neue auf den Weg.
Kaum war er aus der Stadt gelangt, so stieß er dort auf einen großen Strom; aber er sah, daß am jenseitigen Ufer die Fensterladen des Himmels schon heruntergelassen waren und man nicht weitergehen konnte; denn dort war das Ende der Welt. Er ging also am Flußufer aufwärts, und wie er ein Weilchen aufwärts geschritten war, fiel ihm auf einmal eine strahlende Königsburg in die Augen, die über dem Wasser in der Luft schwebte; aber trotz allen Umherspähens sah er weder einen Weg noch eine Brücke dorthin, welche sie mit dem festen Land verbunden hätte; und doch hätte er so gern die strahlende Burg in Augenschein genommen.
Da fällt ihm plötzlich die goldene Gerte ein, die er von der Nebelschleier stickenden Prinzessin bekommen hatte; er

zieht sie hervor und wirft sie auf die Erde mit dem Gedanken: Möge aus ihr ein Steg hin zur strahlenden Königsburg werden! Und sofort wurde aus der Gerte ein goldener Steg hin zur strahlenden Königsburg. Der Königssohn säumte nicht lange; er sprang auf den goldenen Steg und ging auf ihm hinüber zur Burg; aber wie er in das Tor der Burg tritt, da bewachen es die allerseltsamsten Wundertiere, wie er ihresgleichen noch niemals gesehen hatte.
Er erschrickt und ruft seinem Schwert zu: »Schwert, aus der Scheide!« Sein Schwert springt auch heraus und schneidet einigen die Köpfe ab; doch siehe! sogleich wachsen ihnen andere Köpfe. Darüber erschrickt der Königssohn noch mehr, ruft sein Schwert in die Scheide zurück und staunt. Die Königin der Burg hatte das von ihrem Fenster aus angesehen und sandte sogleich einen Diener zu ihm, damit ihm die Wächter nichts antäten, und befahl dem Diener, daß er den fremden Reisenden zu ihr führe. So geschah es auch. Der Diener lief geschwind hin, führte den Königssohn zwischen den Wächtern hindurch vor die Schloßherrin.
Als der Königssohn vor die Königin trat, begann die Königin zu ihm zu sprechen:
»Das sehe ich, daß du kein Alltagsmensch bist; aber auch das will ich wissen: Wer bist du und was führt dich her?«
Darauf erzählte der Königssohn, welches Königs Sohn er sei und daß er sich auf den Weg gemacht habe, damit er ein Reich auffinde, wo der Tod keine Macht habe.
»Nun, du stehst am rechten Ort«, sagte die Königin, »denn ich bin des Lebens und der Unsterblichkeit Königin; hier kannst du dem Tode Trotz bieten.«
Sie hieß ihn gleich niedersitzen und nahm den Königssohn freudig bei sich auf und lud ihn gleich zu Tische ein.
Gerade tausend Jahre weilte nun der Königssohn schon in der strahlenden Burg; aber sie waren so schnell verflogen wie vordem ein Halbjahr.

Als die tausend Jahre verstrichen waren, war es dem Königssohn eines Nachts im Traum, als ob er zu Hause mit seinem Vater und seiner Mutter sich unterhalten hätte. Darüber ergriff ihn das Heimweh so, daß er sofort, wie er morgens aufgestanden war, der Königin der Unsterblichkeit verkündete, daß er nach Hause gehen wolle, um seinen Vater und seine Mutter noch einmal zu sehen. Die Königin der Unsterblichkeit staunte ob dieser Worte und sprach:

»Ach, du Königssohn, was kommt dir in den Sinn? Es sind ja doch schon mehr als achthundert Jahre, daß dein Vater und deine Mutter gestorben sind; von ihnen wirst du weder eine Kunde noch ein Stäubchen auffinden.«

Aber sie konnte den Königssohn nicht von seinem Vorhaben abbringen; so sprach sie denn:

»Nun, wenn du wirklich wieder fortgehen willst, so geh nicht eher, als bis du mit mir gekommen bist, daß ich dich für die Reise ausrüste.« Sogleich hängte sie ihm eine goldene und eine silberne Flasche um den Hals und führte ihn erst in ein kleines Nebengemach, zeigte ihm in dem einen Winkel eine kleine Falltür, hieß ihn sie öffnen und sprach: »Von diesem Wasser, das unter der Türe ist, fülle deine silberne Flasche voll. Es ist also beschaffen: Wenn du damit irgend jemanden besprengst, wird er auf der Stelle ein Sohn des Todes, wären vorher auch tausend Leben sein gewesen.«

Dann führte sie ihn in ein anderes Seitengemach, in dessen einer Ecke gleichfalls eine kleine Falltür sichtbar wurde; auch diese hieß ihn die Königin öffnen und füllte mit dem Wasser die goldene Flasche und sagte: »Nun, du Königssohn, dieses Wasser, das am Felsen der Ewigkeit entspringt, hat die Kraft: Wenn jemand auch schon vier- oder fünftausend Jahre tot war, und du erhaschst nur ein Knöchelchen von ihm und besprengst es mit diesem Wasser, so erwacht er auf der Stelle in blühender Kraft.«

Der Königssohn dankte der Königin der Unsterblichkeit für ihre Geschenke; dann nahm er Abschied von ihr und der ganzen Burg und machte sich auf den Weg.
Sogleich gelangte er in die Stadt, wo die Nebelschleier stickende Prinzessin gewohnt hatte; aber kaum erkannte er den Ort, so sehr war alles verwandelt. Er ging eilends zur königlichen Residenz; aber dort herrschte eine solche Ruhe, als wenn niemand darin wohnte. Er geht hinauf in den Palast, und wie er in das Wohnzimmer kommt, findet er dort die Prinzessin, auf ihre Stickerei gebückt und eingeschlafen; hübsch sachte schleicht er hin, spricht zu ihr, aber sie antwortet nicht, zupft sie beim Rock, aber sie bewegt sich nicht. Da läuft er hinaus in das Zimmer, das voll mit Nadeln gewesen war, und nicht eine Nadel ist darinnen; auch die allerletzte Nähnadel hatte die Prinzessin beim Nähen zerbrochen, und dann war die Prinzessin gestorben.
Geschwind nimmt er seine goldene Flasche, besprengt daraus die Prinzessin. Da erwacht sie zum Leben; auf einmal hebt sie das Haupt, fängt an zu reden und spricht zum Königssohn: »O mein süßer Freund, wie gut, daß du mich geweckt hast. Ich mag wohl lange geschlafen haben.«
»Du hättest bis in alle Ewigkeit geschlafen«, sagt der Königssohn, »wenn ich dich nicht erweckt hätte.«
Jetzt erst merkte die Prinzessin, daß sie tot gewesen war und der Königssohn sie auferweckt hatte; sie bedankte sich sehr schön und versprach, ihm Gutes mit Gutem zu vergelten.
Nachdem der Königssohn von dort Abschied genommen hatte, ging er geradewegs zum kahlen König; und schon von weitem sah er, daß er den großen Berg ganz abgetragen hatte. Sobald er dort anlangte, sah er, daß der König den Korb unter das Haupt geschoben, den Spaten und die Haue neben sich hingelegt hatte und gestorben war. Geschwind zog er auch hier seine goldene Flasche hervor,

besprengte damit den kahlen König und erweckte ihn zum Leben wie vorher die Prinzessin. Auch dieser versprach, ihm Gutes mit Gutem zu vergelten, und der Königssohn verabschiedete sich von ihm und ging zum Adlerkönig, und der Adlerkönig hatte den großen Baum von der Wurzel bis zum Wipfel so zusammengerüttelt, daß auch vom allerkleinsten Zweig nichts mehr zu hören und zu sehen war; er selbst aber hatte die Flügel ausgebreitet, seinen Schnabel zur Erde gesenkt und war tot; sogar die Fliegen umsummten ihn schon. Der Königssohn zieht erst die goldene Flasche vor, begießt damit den Adlerkönig; da erwacht auch dieser, kommt zu sich und beginnt zu sprechen: »Ach, wie lange habe ich geschlafen! Ich danke dir, daß du mich geweckt hast, mein lieber, guter Freund!«
»Du würdest bis in alle Ewigkeit geschlafen haben«, sagt der Königssohn, »wenn ich dich nicht erweckt hätte.«
Jetzt merkt der Adlerkönig, daß er tot gewesen war. Er erinnert sich des Königssohns und dankt ihm, daß er ihn auferweckt habe, und verspricht, Gutes mit Gutem zu vergelten.
Danach nimmt der Königssohn auch vom Adlerkönig Abschied, macht sich auf und gelangt bald zu seines Vaters Königsstadt; aber schon von weitem bemerkt er, daß die königliche Residenz versunken ist, keine Kunde, kein Stäubchen davon ist übriggeblieben. Er geht näher darauf zu, und da war ein Schwefelsee aus ihr geworden, der mit blauen Flammen brannte wie guter Pflaumenbranntwein. Da gab der Königssohn alle Hoffnung auf, daß er irgendwie seinen Vater und seine Mutter auffinden könne, und trat voll Kummer den Rückweg an; aber wie er da aus der Stadt schreitet, ruft ihn jemand von hinten mit diesen Worten an: »Halt, Königssohn, du bist am rechten Platz. Es sind just tausend Jahre, daß ich dich unaufhörlich suche.« Der Königssohn schaut sich um und erkennt, daß der, der ihn angerufen hat, der alte Tod ist. (Zum Kuckuck

mit ihm!) Geschwind dreht er den Ring an seinem Finger, und wie der Gedanke so schnell ist er beim Adlerkönig, von da beim kahlen König, von dort bei der Nebelschleier stickenden Prinzessin; jeden heißt er, die ganze Heeresmacht bereithalten, um den Tod aufzuhalten, bis er bei der Königin der Unsterblichkeit angelangt sein kann. Aber der Tod galoppierte überall so schnell hinter ihm drein, daß, als der Königssohn seinen einen Fuß in die Burg der Königin der Unsterblichkeit setzte, der Tod den anderen draußen ergriff mit den Worten: »Halt! Du bist mein!«

Das sah die Königin der Unsterblichkeit, und sie rief von ihrem Fenster hinunter und schalt den Tod, was er in ihrem Reiche zu suchen habe, da dort seine Macht ein Ende habe.

»Allerdings!« sagt der Tod, »aber sein eines Bein ist in meinem Reich; das ist mein.«

»Allerdings, aber jedenfalls ist er zur Hälfte mein«, sagt die unsterbliche Königin, »und was hättest du davon, wenn wir ihn teilten. Die Hälfte von ihm kann weder mir noch dir taugen. Aber ich sage dir: Komm herein zu mir, ich erlaube es jetzt, und hier werden wir beide die Sache mit einer Wette ordnen.«

Der Tod ging darauf ein, kam in die Burg der Königin der Unsterblichkeit, und die Königin schlug ihm vor, daß sie den Königssohn hinaufwerfen werde, geradwegs bis in den siebenten Himmel, hinter den Rücken des Morgensterns, und wenn sie ihn so hinaufschleudern könne, daß er in der Burg niederfällt, dann sei er der Königin; wenn er hingegen jenseits der Burgmauer niederfalle, so gehöre er dem Tod. Der Tod ging auf diese Wette ein. Nun stellte die Königin den Königssohn in die Mitte der Burg, zwängte ihren Fuß unter die Füße des Königssohns und schleuderte ihn so hinauf zwischen die Sterne, daß er sich dort ganz verlor; aber bei der Anstrengung taumelte die Königin ein wenig und erschrak sehr, daß nun der Königssohn außerhalb der Burg niederfallen werde; sie lauerte also eifrig, daß der Königssohn wiederkehre. Auf einmal erblickt sie ihn wie eine kleine Wespe; sie mißt mit dem Auge, wo er wohl sei, wo er wohl niederfallen würde; wahrhaftig, gerade auf die Burgmauer! – durchfährt es die Königin. Aber ein kleiner Südwind hat doch soviel genützt, daß der Königssohn hart an der inneren Seite der Burgmauer niedergefallen wäre, hätte ihn die Königin nicht aufgefangen. Schnell sprang die Königin hinzu, und wie einen leichten Ball fing sie ihn auf, trug ihn in ihren Armen ins Schloß, und wie sie sah, daß ihm ein wenig schwindelte, küßte sie ihn, daß er wieder zu sich komme. Nun befahl die Königin ihrem Hofgesinde, daß es alle Besen hervorsuchen, sie anzünden und mit Feuerbesen den Tod aus der Burg der Königin der Unsterblichkeit hinauspeitschen sollte, und gebot ihm, daß er ferner nicht wagen solle, seinen Fuß dahin zu setzen. Der Königssohn und die Königin aber leben glücklich und in Freuden bis heute. Wer es nicht glaubt, der suche das Schloß der Königin der Unsterblichkeit auf, das am Ende der Welt in den Wolken über dem Fluß schwebt, und wenn er es erwischt, so wird er sofort von der Wahrheit des Märchens überzeugt sein.

Die geizige Bäurin

Es war einmal eine Bäuerin, die hieß Margit und war so karg und geizig, daß sie weder ihren Angehörigen noch sich selbst je einen guten Bissen vergönnte.
Wußte sie einen Schmaus bei ihren Nachbarn, so ward sie ganz bleich vor Neid, schalt sie heimlich Schwelger und Verschwender, fand sich aber doch jedesmal zur rechten Stunde bei ihnen ein, um ihnen die besten Brocken von den Mäulern wegzuschnappen. Da sich aber derlei Gelegenheiten nur selten in ihrem Dorf ereigneten und sie auch zu Hause nicht viel feiste Bissen genoß, so wurde sie bald so dürr und mager, daß nichts als Haut und Knochen an ihr zu sehen war.
Damit sie sich keine Schere zu kaufen brauchte, biß sie sich ihre Fingernägel fleißig ab und verlor bei diesem Geschäft einen Zahn nach dem andern, so daß sie in kurzer Zeit keinen einzigen mehr im Mund hatte. Doch war sie um diesen Verlust keineswegs bekümmert, denn sie hoffte, dadurch jeder Eßlust leichter als vormals widerstehen und auf diese Weise gar manchen Pfennig sparen zu können.
So wußte sie auch alles, was ihr nur einigermaßen entbehrlich schien, zu beseitigen und zu Geld zu machen. Sie riß nicht nur sich selbst und ihrem Manne Istok, sondern auch ihrem Sohne jedes Jahr zweimal die Haare aus, trug sie in die Stadt und verkaufte sie dem Perückenmacher. So sauer dies aber auch den beiden letztern ankam, so geduldig mußten sie doch es sich gefallen lassen, wenn sie nicht befürchten wollten, jämmerlich von ihr zerkratzt, durchgeprügelt und zum Hause hinausgestoßen zu werden; denn

nebst den bereits gerühmten Tugenden hatte sie auch eine so große Zanksucht, daß sie weit und breit als das böseste aller Weiber verrufen war.
Ihr Mann war gutmütig und fromm. Er lebte, gleichwohl in großer Not und steter Bedrängnis, seine Tage doch um so ruhiger dahin, da er sein Dasein als ein reines, langes Dulderverdienst betrachtete, das ihn im Jenseits zu einer Menge Himmelsfreuden berechtige. Diese Erwartung ging aber auch wirklich zu großem Leidwesen seines Sohnes sehr bald in Erfüllung. Er starb und hatte auch nicht im Tode die Freude, sein Haupthaar mit ins Grab zu nehmen, ob er gleich Margit kurz vor seinem Ende gebeten hatte, ihm diesen einzigen Schmuck zu lassen, und ihr noch mit brechender Stimme wiederholte, daß derjenige, welcher einen Sterbenden seiner Haare beraube, eines fünffachen Todes sterben müsse. Sie blieb ihrer alten Gewohnheit treu und zupfte ihm, noch ehe er die erwarteten Himmelsfreuden zu schmecken anfing, jedes Härchen aus dem Kopf.
Von nun an trieb sie mit ihrem Sohn Miklós ihre Wirtschaft. Da sie aber von Jahr zu Jahr älter und durch Hungern schließlich so gebrechlich wurde, daß die ganze Last der Haus- und Feldarbeit auf ihm allein ruhte, so fühlte er bald das Bedürfnis, sich nach einer Gattin umzusehen. So lebhaft sich auch Frau Margit gegen diese Absicht sträubte, so erklärte er ihr doch eines Tages ganz unverhohlen, daß er sich nächstens verheiraten wolle. Sie geriet in Wut, lästerte ihn mit allen erdenklichen Schimpfnamen und drohte ihm mit dem Besen. Da er aber, fest auf seinem Vorsatz beharrend, sie auf immer zu verlassen schwor, willigte sie endlich ein, wofern er sich eine Braut nähme, die ihm, nebst einer reichen Mitgift, auch noch die eigene Tugend zubrächte, jahraus, jahrein nichts mehr als täglich ein Stück Brot zu essen.
Diese strenge Forderung ließ ihn wenig Freude erwarten.

Wo hätte er auch solche Bedingungen anbringen können, da ihn jedes Mädchen im Dorf wegen seines Kahlkopfs verlachte und seine böse Mutter obendrein mehr als alle Hexen und Unholdinnen scheute? Er wiederholte ihr daher ganz ernst, daß er, wofern sie nicht in Hinkunft seine Haare schonen wollte, ohne weiteres Haus und Hof verlassen und fort in die weite Welt ziehen würde.
Die Alte erkannte aus dieser Antwort, daß es ihm ernst war, und wenn dieselbe ja in Erfüllung ginge, ihr wohl nicht das beste Los bevorstände, da sie auf keines Menschen Beistand im ganzen Dorf rechnen durfte. Nach langem Nachdenken versprach sie ihm endlich, seine Haare bis zum dritten Tage nach seiner Hochzeit schonen zu wollen, doch müßte er den Bedingungen, die sie in Absicht der Braut festgesetzt hatte, genau entsprechen.
Miklós ließ es sich gefallen, wenigstens beruhigte ihn die Hoffnung, zu Haaren zu kommen, und dadurch dem Gespött der Leute entgehen zu können.
Einige Monate vergingen, und des Freiers Kahlkopf behaarte sich allmählich. Da er ungeachtet seiner Hagerkeit eine gefällige Gesichtsbildung besaß, so gab sein natürlicher Hauptschmuck ihm ein Ansehen, das er im Kreise der übrigen Burschen des Dorfes immer mit Vorteil behaupten konnte.
Im sechsten Monate nach der letzten Haarlese war Kirmes in einem etliche Stunden von seinem Ort gelegenen Flekken; dies war für die ganze Umgegend ein schon längst erwartetes Fest und zumal allen Heiratslustigen das willkommenste, darum säumte auch Miklós nicht, bei demselben zu erscheinen.
Die hübschesten Dirnen aus naher und ferner Gegend, die schmuckesten Witwen waren da versammelt, lustig klangen Fiedel und Sackpfeife um die Wette, und munter drehte sich alles, was hüpfen und springen konnte. Miklós war auch nicht blöde, er faßte eine junge schwarzäugige

Witwe am Arme und wirbelte mit ihr so rasch im Kreise herum, daß beide kaum den Boden zu berühren schienen. Bald wurde das Paar zutraulich, es wechselten volle Gläser von Mund zu Mund, mit ihnen manch heimliches Wort und Liebesgelispel, und endlich auch gar manch verstohlener Kuß. Kurz, die junge Witwe fühlte sich in kurzer Zeit so innig für den schlanken Freier eingenommen, daß sie, ungeachtet der bedenklichen Bedingungen der Frau Margit, ihm ohne Anstand die Hand reichte. Ehe noch sechs Tage verstrichen, kündete der Pfarrer der beiden Verlobung an, und bald darauf waren ihre Ringlein eingesegnet. Da nun aber Frau Margit die kostspieligen Ergötzlichkeiten der Hochzeit gar nachdrücklich von ihrem Hause wies, so wurde letztere auf Rechnung der Braut in ihrem Wohnort gefeiert; doch füllte die Schwiegermutter dabei, zu aller Hungernden Erbauung, ihren Magen so voll, daß sie, um ein Dreifaches dicker als sonst, wie leblos nach Hause gebracht werden mußte; denn obschon sie anfangs nach den Braten und Kuchen des Festschmauses, als ebenso vielen Zeugen von der Unwirtschaftlichkeit ihrer Schwiegertochter, nicht ohne Bitterkeit hingeschielt hatte, so wußte sie doch aus diesem Umstand den Vorteil zu ziehen, daß sie sich dabei auf einige Wochen im voraus sättigte, um zu Hause desto mehr Brot sparen zu können.
Am dritten Morgen nach der Hochzeit war ihre Unverdaulichkeit ganz verschwunden, und sie selbst wieder so dürr und hager, als hätte sie seit Monaten gefastet, schlotterte keifend und geschäftig im Hause hin und her. Ehe noch der Tag zu grauen anfing, stand sie schon hinter des Brautpaars Bette und rupfte dem jungen Ehemann die Haare aus. Eingedenk jener Bedingung, die er zu erfüllen versprochen hatte, fügte er sich geduldig in den alten Hausgebrauch. Wie heftig aber erschrak Borbála, seine Gattin, als das alte Gerippe auch sie am Schopfe faßte und ihr gleich eine ganze Handvoll Haare ausriß, daß ihr die

Augen übergingen! Mit Entsetzen sprang sie aus dem Bett, warf sich in ihre Kleider und wollte auf und davon laufen. Dieser Auftritt setzte auch den kahlen Miklós in Bewegung, auch er sprang auf die Beine und drohte, die Alte im Stich zu lassen und seinem Weib zu folgen. Aber da erschrak Margit gar sehr; sie versicherte, vorderhand nur einen Versuch haben machen zu wollen, und versprach, ihn nicht so bald wieder zu erneuern. Doch würde sie sich über die Entweichung ihrer Schwiegertochter bald beruhigt haben, hätte diese all ihr Mitgebrachtes ihr zurückgelassen.

Mutter und Tochter lebten von nun an in steter Spannung, und bald verging kein Tag mehr ohne Zank und Hader. Borbála erkannte in Frau Margit einen leibhaften Hausteufel, und diese schielte mit wahrer Raufsucht nach dem schönen Haarwuchse ihrer Schwiegertochter hin, ja, nicht selten wünschte sie mit ihr handgemein zu werden, um dadurch Anlaß und Gelegenheit zu gewinnen, sie nach Herzenslust zu rupfen. Noch bedenklicher aber lag ihr der Umstand am Herzen, daß die junge Gattin, bei all ihrer scheinbaren Enthaltsamkeit von Speise und Trank, nicht nur nichts von ihrem Leibesumfange und ihrer blühenden Gesichtsfarbe verlor, sondern vielmehr mit jedem Tage an Kraft und Gesundheit zunahm. Indessen ging dies sehr natürlich zu, denn Borbála fastete nur in Gegenwart der alten Knauserin, um sie von ihren Haaren abzuhalten, verstohlenerweise aber tat sie sich und ihrem Manne doch gar manche Güte und schonte ihre Groschen nicht, wenn sie hungerte. Obgleich sie hierbei stets mit möglichster Vorsicht zu Werke ging, so entging sie doch dem Verdacht der Alten keineswegs.

Margit ahnte das Geheimnis, die Zeit verstärkte ihren Argwohn, und Borbála wurde ihr um so verhaßter, da sie ihr in nichts nachgeben, bei allen ihren Zänkereien stets das letzte Wort haben wollte und auch den sonst so geduldigen Miklós gegen sie aufzuhetzen schien, da dieser ebenso wie seine Gattin von nun an Gleiches mit Gleichem erwiderte. Diese Schmälerung ihres Hausrechts brachte sie zum Entschluß, sich an der Schwiegertochter aufs grimmigste zu rächen.

Eines Tages, als Sohn und Tochter mit den Schnittern auf dem Feld waren, sollte Frau Margit zu Hause für die letztern ein Mittagessen bereiten. Da sie im voraus wußte, daß Borbála allein erscheinen werde, um die Speise abzuholen, so nutzte sie diese Gelegenheit, ihren Anschlag auszuführen. Sie nahm Brei, kochte ihn in einem großen Topf und mischte viel Kleie darunter, um das Erntemahl ergiebiger zu machen. Dann begab sie sich auf den Dachboden, nahm einige Stricke mit und suchte ein passendes Plätzchen aus, ihrer Schwiegertochter eine Schlinge zu legen. Diese glaubte sie am besten über einem Dachfenster anzubringen, wo jene zuweilen über die Dächer hinaus zu gucken pflegte. Sie kletterte an einer Leiter hinauf und befestigte die Schlinge also, daß Borbála, wenn sie zu den Schnittern auf dem Felde hinaussähe, sie aber derselben plötzlich die Leiter unter den Füßen wegrückte, am Stricke hängen bleiben müßte. Nachdem sie diese Vorrichtung getroffen hatte, versuchte sie die Schlinge mit Behutsamkeit an ihrem eigenen Halse; aber der Strick schien ihr zu hoch angebracht, sie ließ ihn tiefer herab und schlang sich denselben nochmals um den Nacken. Doch kaum hatte sie die Schlinge zugezogen, so glitt die Leiter unter ihren Füßen hinweg und sie selbst blieb am Stricke hängen.

Ein Stündchen später kam Borbála vom Feld herein und hoffte, die bestellten Speisen bereit zu finden. Sie durchsuchte Küche und Stube, Stall und Scheuer, rief nach allen Seiten des Hauses hin, vernahm aber nirgends eine Antwort. Wohl sah sie den Topf voll Brei auf dem Herd, aber das Feuer war ausgebrannt, und der Speise fehlte die Butter. Da sie die Tür des Dachbodens, zu welchem in der

Küche eine Leiter hinaufführte, offen sah, stieg sie hinauf und rief Frau Margit mit lauter Stimme, aber auch hier kam ihr kein Laut entgegen.

Nun blickte sie zu dem Dachfenster hin und sah mit Entsetzen ihre Schwiegermutter am Strick hängen. Sie wollte schnell wieder weglaufen, aber Staunen und Schrecken hielten sie geraume Zeit wie angewurzelt an dem Boden. Schließlich faßte sie sich wieder und besann sich, was sie tun sollte. Margit war mausetot, drum konnte ihr ihr Beistand nicht mehr helfen; und doch schien es Borbála auch gefährlich, über langem Staunen und Bedenken noch länger Zeit zu verlieren. Die Gehässigkeit, welche zwischen ihnen beiden schon längst alle Eintracht aufgehoben hatte, war zu allgemein im Dorf bekannt, als daß man nicht Anlaß hätte finden können, sie der verübten Untat zu beschuldigen. Dieses überlegend, sann die Verängstigte ein Mittel aus, ihrer Verlegenheit zu entgehen.

Sie wand die Erstarrte aus der Schlinge, hob sie nicht ohne Mühe auf die Schulter und trug sie hinab in die Stube. Da setzte sie dieselbe hinter die Tür auf einen Stuhl und stellte den ganzen Topf Brei vor ihr auf einen Tisch hin. Mit dieser Speise stopfte sie ihr den ganzen Mund voll und gab ihr einen der größten Kochlöffel in die Rechte. Dann aber schloß sie die Tür hinter sich und begab sich vor das Haustor, um die Rückkehr ihres Mannes abzuwarten.

Da inzwischen über zwei Stunden verstrichen waren, so konnte Miklós nicht länger fortbleiben. Er kam voll Unwillen über die lange Verzögerung der Mahlzeit nach Hause und schalt Weib und Mutter die saumseligsten Weiber, die er je gesehen. Borbála lehnte diese Beschuldigung sehr lebhaft von sich ab, indem sie sagte: Die Mutter hätte ihr den Brei hartnäckig verweigert, den ganzen Topf in die Stube mitgenommen und sie mit den bittersten Schimpfworten herausgetrieben. Als Miklós dies vernommen, eilte er mit Zornes Hast auf die Tür zu und sprengte sie, da

sie verschlossen war, mit Gewalt auf. Aber wie sehr erschrak er, als er seine Mutter, durch den heftigen Schwung der Tür getroffen, vom Stuhl herabfallen, ihren Mund voll Brei und den großen Löffel in ihren Händen sah! »Ach!« rief er, nachdem er sie gerüttelt hatte, »sie ist tot, so wahr ich lebe!« Eine heftige Angst befiel ihn, denn er glaubte, sie selbst getötet zu haben. Nicht wenig trug aber auch Borbála zur Vermehrung seines Schreckens bei, indem sie ihn an alle die schlimmen Folgen erinnerte, welche dieses Ereignis nach sich ziehen könnte. Zugleich beunruhigte ihn der Gedanke an seine Schnitter am Felde, da sie schon so lange Zeit auf den Brei warteten und in seiner Abwesenheit lässig ruhen oder wohl gar selbst kommen würden, die Speise abzuholen.
Nachdem er sein Weib eine Weile höchst nachdenklich betrachtet hatte, faßte er endlich den Entschluß, die Erstarrte so schnell als möglich beiseite zu schaffen, um ja aller Verlegenheit zu entgehen, die ihm jeden Augenblick bevorstand. Beide nahmen die Alte auf die Arme und trugen sie zur Hintertür des Hauses auf ihres Nachbars Feld hinaus, welches erst kürzlich die Schnitter verlassen hatten. Aufrecht setzten sie dieselbe da an ein Getreidemandel hin und legten ihr eine Garbe in die Schürze. Sodann aber gingen sie schleunig hinweg und mit dem schon längst erwarteten Breitopf aufs Feld hinaus.
Die Schnitter fielen mit Heißhunger über die Speisen her und verzehrten sie in wenig Augenblicken; aber bald fühlten sie ihre Bäuche voll und schwer von dem Schweinefutter, welches Frau Margit seligen Andenkens dem Brei beigemischt hatte, daß sie sich sämtlich auf die Erde niederwarfen und erst um Mitternacht wieder aufstehen und nach Hause gehen konnten.
Indessen hatte aber Miklósens Nachbar sich auf sein Kornfeld begeben, um noch vor Einbruch der Nacht seinen Erntesegen in Augenschein zu nehmen. Da es schon

zu dämmern anfing, hatte er einen Stock mit sich genommen, um unberufene Zehentherrn von seinem Grund zu verscheuchen. Unversehens erblickte er eine dunkle Gestalt hinter einem Mandel und zweifelte keinen Augenblick, einen Korndieb zu entdecken. Rasch sprang er darauf los und traf den versteckten Lauscher von hinten so derb mit seinem Stock, daß er ihn wenigstens gebleut zu haben glaubte. Aber es war Frau Margit. Lautlos sank sie über die Erschütterung der getroffenen Garben nieder und blieb starr hingestreckt auf der Erde liegen. Des Nachbars Schrecken hatte keine Grenzen, denn er hielt sich selbst für ihren Töter. Um allem Verdacht zu entgehen, ergriff er die Tote, zog sie aus seinem Feld hinaus und legte sie quer über die Straße hin, auf daß sie die Vorübergehenden finden und begraben möchten.
Kaum war ein Stündchen vergangen, so kam der Müller des Dorfs mit zwei mutigen Hengsten herangefahren, welche schon von ferne ihrem Abendfutter entgegenwieherten. Auf einmal begann das Gespann sich zu bäumen, schlug vor und hinter sich aus und wollte nicht von der Stelle. Der Müller sparte die Peitsche nicht, erblickte aber plötzlich die Gestalt auf dem Weg. Er sprang vom Wagen, verwünschte sich und seine Hengste und war ganz trostlos, denn er beschuldigte sich selbst, Frau Margit getötet zu haben. Schon lag die Nacht weit umher über Berg und Tal, drum wollte er weder länger vom Hause bleiben noch die Tote unbegraben auf offener Straße liegen lassen. Er lud sie auf seinen Wagen und fuhr nun in aller Stille zum Pfarrhof. Als er dort anlangte, hielt er an der Rückseite des Pfarrhofs, innerhalb welcher eine kleine Stiege abwärts zur Wohnung des Pfarrers führte. Da lehnte er sie mit dem Gesichte an, pochte dreimal schnell auf die Klinke und fuhr in größter Eile auf und davon.
Der Pfarrer hatte das Pochen sogleich vernommen und einigemal »Herein!« gerufen. Da aber niemand eintrat,

vermutete er Kinderpossen, ging erbost über seine Treppe hinauf und öffnete mit Hastigkeit die Tür. Nun fiel der starre Gast ihm sogleich entgegen und stürzte über die ganze Treppe hinunter bis in die Stube. Der Schrecken des Pfarrers läßt sich kaum beschreiben; er glaubte fest, durch sein hastiges Öffnen der Tür und durch den Fall der Fremden an ihrem Tode schuld zu sein. Um allen Anfragen und Untersuchungen vorzubeugen, begrub er Frau Margit am nächsten Morgen in aller Stille.

So war die Warnung ihres enthaarten Mannes an ihr selbst in Erfüllung gegangen; ihre Kinder aber lebten von nun an im besten Ehefrieden. Borbála konnte fortan nach Lust essen und trinken, und der kahle Miklós, mit seines Weibes Liebe und Kost genährt, erfreute sich bald eines stattlichen Schmerbauchs und des ungefährdeten Besitzes seiner Haare.

Die sieben Wildgänse

Es war einmal eine Königin, die hatte sieben Söhne und eine Tochter. Einstmals wurde die Königin sehr krank, so daß niemand ihr helfen konnte. In der Nähe war ein großer Wald und mitten darin eine Quelle; die Königin sagte, daß sie nur genesen würde, wenn sie vom Wasser jener Quelle trinken könne.

Zuerst machte sich der älteste Königssohn auf; aber wie er in den Wald kam, stutzte er, stolperte, und der Krug brach entzwei. So ging es allen sieben Prinzen; keiner brachte das Wasser.

Da rief die Königin im Zorn: »Herr Gott, erweise mir die große Gnade und verwandle diese bösen Kinder in Wildgänse!«

Kaum hatte sie das gesprochen, so wurden alle plötzlich zu Wildgänsen und flogen alsbald mit großem Geräusch davon.

Das kleine Mädchen fragte immer ihre Mutter, was aus ihren Brüdern geworden sei. Die Königin wollte es nicht sagen. Einstmals, wie sie in einer Truhe kramte, klemmte die Königstochter ihr die Hände ein und ließ sie nicht eher wieder frei, bis sie ihr nicht erzählt hatte, wie ihre Brüder zu Wildgänsen geworden waren.

Nun machte sich die Königstochter auf, ihre Brüder zu suchen. Sie wanderte und wanderte; einstmals fand sie eine Hütte. In der Hütte saß eine alte Frau. Die Königstochter grüßte sie: »Guten Abend, Großmutter! Könnt Ihr mir wohl sagen, wo ich hier bin?«

»Ach, ach, mein armes Kind, eile von hinnen!« antwortete

die alte Frau. »Dein armes, junges Leben dauert mich, denn abends kommen immer meine sieben Wildgänse, die zerreißen jedes menschliche Wesen, das sie treffen.«
Das Mädchen freute sich sehr; denn es erkannte, daß jene seine Brüder waren. Es bat die alte Frau flehentlich, daß sie es zuerst mit ihnen reden lassen solle, bis sie es erkannt hätten.
»Sie reden mit niemandem, mein armes Kind«, antwortete die alte Frau, »sondern sie zerreißen sogleich, wen sie hier finden; denn Menschenwesen dürfen hier nicht sein.«
Aber die Königstochter bat so lange, bis die alte Frau sich ihrer erbarmte; außerdem gewann sie sie auch sehr lieb, weil sie sehr schön war. Sie führte sie in die Kammer und türmte ein Waschfaß, Waschholz und allerhand Kram auf sie, daß sie nicht sogleich zu ihr könnten.
Nach einer kleinen Weile langten mit großem Getöse die Wildgänse, die Brüder des Mädchens, an. Als sie hineinkamen, begann gleich der Älteste: »Ich wittere Menschenduft, Großmutter, ich wittere Menschenduft!«
Die alte Frau erzählte ihnen, daß ein kleines Mädchen hier sei, das sehr gern mit ihnen reden möchte.
»Nein, nein, wir sprechen nicht mit ihr; wir zerreißen sie gleich«, entgegnet der Älteste. »Gib sie nur heraus, Großmutter! Denn Menschenwesen dürfen hier nicht sein.«
»Ein bißchen könnte sie doch reden«, sagt der Jüngste, »nachher zerreißen wir sie dann ohnehin.«
Die Brüder wollten es nicht zugeben; aber die alte Frau bat so lange, bis sie es erlaubten: »Na, also ein bißchen mag sie reden!«
Die Frau holte das Mädchen hervor, und wie es seine lieben Brüder erblickte, brach es in Tränen aus.
»Meine lieben Brüder«, sprach sie zu ihnen, »sieben Jahre schon irrte ich umher, bis ich euch fand! Jetzt will ich alles tun, wenn ich euch erlösen könnte!«
»Das kannst du nicht vollführen«, sagten die Brüder.

Aber sie bat und flehte so lange, bis sie ihr sagten: »Sieben Jahre mußt du splitternackt umherirren, darfst kein Sterbenswort sprechen, auch wenn sie schießen, wenn Hunde bellen, wenn sie Gott weiß was tun. Dann sind wir erlöst.«
Die Königstochter legte sogleich ihre Kleider ab; dann ging sie in den Wald und stieg dort auf einen Baum.
Da trug es sich zu, daß der Königssohn gerade in diesem Walde jagte. Als sie in die Nähe jenes Baumes kommen, läuft einer der Hunde unter den Baum und beginnt laut zu bellen. Der Königssohn sieht das und sagt zu einem seiner Diener: »Geh, schau nach, was auf jenem Baum ist!«
Der Diener geht hin; aber er konnte nicht sagen, was das sei. »Erlauchter Herr, ich sehe dort im Wipfel des Baumes etwas; aber es gleicht weder einem Menschenleib noch einer Tiergestalt.«
Da ging der Königssohn selbst hin; aber er wußte auch nicht, was das sein könnte. »Steige auf den Baum, schau nach, was es ist«, sagte er zu seinem Diener, »dann bring es mir her!«
Der Diener, der mit ihm war, stieg hinauf, und wie erstaunte er, als er die wunderschöne Königstochter erblickte. Er sprach zu ihr, aber sie antwortete ihm nicht; er umfaßte sie und trug sie hinab zum Königssohn; aber sie sprach kein Sterbenswörtchen.
Der Königssohn war sehr verwundert, er fragte sie, wohin und woher des Wegs; aber sie antwortete nicht. Er sprach zu ihr ungarisch, deutsch, slowakisch, walachisch, raizisch, italienisch, zwickte sie, küßte sie, mit einem Wort, er tat alles mit ihr, aber alles vergeblich. Sie antwortete nicht.
Der Königssohn gewann sie sehr lieb; er ließ sie in sein Schloß tragen, dort schön ankleiden und glaubte, sie würde vielleicht wieder sprechen, wenn sie sich erst eingewöhnt hätte.
Er wartete zwei Wochen, aber ganz vergebens; die Kö-

nigstochter wagte nicht zu reden, weil ihr Versprechen sie band. Dem Königssohn war das alles eins; es wurde große Hochzeit gehalten, und er machte sie zu seiner Gemahlin. Schon lange hatten sie glücklich zusammengelebt, die Frau war auch schon guter Hoffnung, als der Königssohn in den Krieg ziehen mußte. Sie weinten bitterlich, als sie Abschied voneinander nahmen, und der Königssohn hinterließ, daß man ihm schreiben solle, wenn ihm ein Sohn geboren würde; dann würde er gleich heimkommen.
Der Königssohn aber hatte eine böse, alte Stiefmutter, die war der armen Königstochter so gram, daß sie sie in einem Löffel Wasser ertränkt hätte, wenn das möglich gewesen wäre. Die Königstochter bekam wirklich ein Kind, ein sehr schönes Mägdlein. Da nahm die böse, alte Stiefmutter zur Nachtzeit das Mägdlein weg; aber so viel Herz hatte sie noch, daß sie es nicht tötete, sondern in die Obhut einer alten Frau gab. Neben die Königstochter aber legte sie eine zottige Katze. Dem Königssohn schrieb sie, daß seine Gemahlin eine zottige Katze zur Welt gebracht habe; dafür verdiene sie den Tod. Der Königssohn schrieb, daß man ihr die Katze nehmen, ihr selbst aber kein Leid antun solle. Einige Zeit später war die Königstochter wieder guter Hoffnung und bekam ein wunderschönes Knäblein. Die alte Stiefmutter stahl es wieder des Nachts, tötete es aber nicht, denn so viel Herz hatte sie noch; an seiner Statt legte sie einen zottigen, behaarten Hund. Dann sprengte sie im ganzen Lande aus, daß des Königssohns Gemahlin jetzt einen Hund zur Welt gebracht habe. Dem Königssohn schrieb sie, daß es so mit seiner Gemahlin stehe; er solle sofort heimkommen.
Der Königssohn kam sehr zornig heim; aber er hatte noch so viel Herz, daß er sie nicht tötete. »Sie ist meine angetraute Gemahlin«, sagte er, »was auch ihre Schuld sein mag, ich kann sie nicht töten lassen.«
Die arme Königstochter weinte bitterlich, aber sprechen

durfte sie nicht. Der Königssohn ließ im Garten ein kleines Haus errichten, in das sperrte man die arme Königstochter.

Mittlerweile waren auch die sieben Jahre um; die Königstochter hatte ihr Wort gehalten. Gerade wie sie sie einschlossen, kamen ihre sieben Brüder.

Schon von weitem riefen sie: »Wir erlösen dich, liebe Schwester; du hast uns auch erlöst.«

Die Königstochter begann gleich zu sprechen und sagte, sie sollten sie zum Königssohn führen.

Dort erzählte sie ihm unter Tränen, ein wie schönes Mägdlein und Knäblein sie ihm geboren habe und was die böse Stiefmutter ihr angetan habe. Die erschrak sehr; dann bekannte sie alles und ließ auch die kleinen Kinder holen.

Da ließ der Königssohn einen großen Scheiterhaufen anzünden und die böse, alte Stiefmutter hineinwerfen.

Wenn sie nicht verbrannt ist, brennt sie jetzt noch.

Der behaarte Mann

Irgendwo, ich weiß nicht wo, war auf der Welt einmal ein König, der hatte unter vielem anderen auch zwei Äcker mit Raps. Auf dem einen brannten jede Nacht, die der liebe Gott werden ließ, ohne Ausnahme, zwei Haufen davon nieder. Da wurde der König schrecklich zornig; er schickte bewaffnete Soldaten aus, daß sie den Brandstifter einfingen. Doch das nützte nichts. Keine Menschenseele konnte den erblicken. Neunhundert Gulden versprach er demjenigen, der den Brandstifter einfangen würde. Aber auch das verkündete er, daß er denjenigen, der das Feld nicht ordentlich beschütze, töten lassen werde. Es waren so viele, viele Leute! Aber keine Rede davon, daß sie es hätten beschützen können.

Neunundneunzig Leute hatte der König schon töten lassen, als ein kleiner Schweinehirtenjunge zu ihm kam. Dieser kleine Schweinehirtenjunge hatte zwei Hunde, der eine hieß »Pst«, der andere »Still«. Er sagte dem König, daß er die Haufen schon bewachen werde.

Als es dunkelte, ging er zum vierten Haufen hin, von dem aus er alles sehr schön überblicken konnte. So um die elfte Stunde sah er auf einmal, daß jemand zu dem Haufen ging und ihn anzündete. Na, Gevatter, auf dich warte ich gerade! Sogleich rief er den beiden Hunden zu: »Pst, Still, greift ihn!« Darauf hatten die auch nur gewartet. Natürlich griffen sie ihn.

Am nächsten Morgen brachte er den Menschen gebunden zum König; das freute den König so, daß er ihm sogleich tausend Gulden in die Hand drückte. Jener Mann aber war über und über mit Haaren bewachsen, fast wie ein unvernünftiges Tier. Er wurde nun in eine feste Kammer eingesperrt; danach schickte der König überallhin Briefe an die Könige und Prinzen, daß sie kommen und dieses Wunder anschauen sollten.

Das war alles ganz gut; aber der König hatte einen zehnjährigen Sohn. Der sah sich einmal den behaarten Mann an, und da beschwor ihn dieser flehentlich, er möge ihn doch befreien. Da erbarmte er sich seiner. Er entwendete seiner lieben Mutter den Kammerschlüssel und öffnete die Türe; dann trug er ihn wieder zurück. Der behaarte Mann aber zog in die Welt hinaus.

Da kamen nun die Könige und die Prinzen, einer nach dem anderen. Sie hätten wohl gern den behaarten Mann angesehen, aber da war nirgends einer! Der König berstete fast vor Wut. Solch Schimpf und Schande einzuheimsen! Er stellte seine Frau zur Rede; er sagte ihr, daß er sie in eine Schilfhütte setzen und darin verbrennen lassen werde, wenn sie den behaarten Mann nicht herbeischaffe. Die Frau verteidigte sich, daß sie von nichts wisse; wenn ihr Sohn nicht den Schlüssel fortgenommen habe, sie habe ihn nicht herausgelassen.

Da holten sie den kleinen Königssohn vor, nahmen ihn über alles ins Verhör, und der sagte schließlich, daß er den behaarten Mann herausgelassen habe. Mehr bedurfte es nicht! Der König befahl den Dienern, daß sie den Knaben sogleich hinaus in den Wald führten, ihn dort dann töteten und ihm von seiner Lunge und Leber ein Stück brächten.

So geschah es auch. Sie führten ihn hinaus; aber der Knecht hatte Erbarmen mit ihm. Er erschoß den Hund, der mit ihm gegangen war; von dessen Lunge und Leber brachte er dem König etwas mit nach Hause. Der schaute es gar nicht an, sondern warf es den Hunden vor. Als die es beschnuppert hatten, schlichen sie davon.

Der Königssohn irrte nun unstet im Wald umher. Einmal,

wie er ging, er wanderte wohl schon fünf Jahre umher, fand er ein ärmliches Häuschen und darin einen alten Mann. Er kam ins Gespräch mit ihm und erzählte ihm sein Schicksal. Da erkannten sie sich wieder; der graue Alte war der behaarte Mann, den der Königssohn befreit hatte und der von jener Zeit an immer in diesem Walde gewohnt hatte.

Hier blieb der flüchtige Königssohn zwei ganze Jahre; dann wollte er weiterziehen. Der Alte bat ihn sehr zu bleiben; aber er zog weiter. Da gab er dem Königssohn einen goldenen Apfel, aus dem sprang, wenn er es brauchte, ein goldmähniges Roß, dazu einen goldenen Stab, mit dem er das Roß leiten sollte, einen silbernen Apfel, aus dem kamen die schönsten Husaren heraus, und einen silbernen Stab und auch noch einen kupfernen Apfel, aus dem kamen Soldaten zu Fuß heraus, so viele, so unendlich viele, und einen kupfernen Stab. Er band dem Königssohn auf die Seele, daß er auf die Geschenke gut achthaben solle, und damit ließ er ihn seines Weges ziehen.

Da wanderte er und wanderte, bis er einmal in eine Stadt kam. Hier verdingte er sich beim König als Diener. Niemand kümmerte sich um ihn; er lebte nur so ruhig hin.

Einstmals brachte man dem König die Nachricht, daß er in den Krieg ziehen müsse. Er fürchtete sich schrecklich, denn er hatte wenig Soldaten; aber er mußte ziehen.

Als sie fortgezogen waren, sagte der Königssohn zur Köchin: »Gebt mir Urlaub, daß ich in das Nachbardorf gehen kann; ich habe dort eine kleine Schuld; die möchte ich einziehen.«

Die Köchin ließ ihn fort, da nichts zu tun war.

Als er aus der Stadt war, zog er seinen goldenen Apfel hervor. Wie das prächtige, schöne Roß heraussprang, schwang er sich darauf und zog weiter. Dann nahm er den silbernen Apfel vor und den kupfernen Apfel, und mit den schönsten Soldaten stieß er zu des Königs Heer.

Als dieser ihn erblickte, erschrak er sehr; denn er wußte nicht, war das ein Feind oder was?

»Ich bringe Eurer königlichen Majestät Hilfe«, sagte der Königssohn.

Da freute sich der König sehr und fürchtete nun auch nichts mehr vom Feinde. Dort waren auch des Königs Töchter; die luden, als sie aufbrachen, den Königssohn sehr herzlich in ihren Wagen ein, um sich mit ihm zu unterhalten. Aber er stieg nicht zu ihnen ein, sondern blieb zu Pferde und unterhielt sich so mit ihnen. Mit denen konnte man sich aber auch unterhalten, denn sie waren so schön, so wunderschön! Besonders die jüngere! Der Ruf ihrer Schönheit erscholl durch alle Lande. Während der Unterhaltung nahm die jüngere ihren Ring, und die ältere riß ihr Taschentuch in zwei Hälften, das gaben sie dem Königssohn.

Aber da waren sie auf einmal schon vor dem Feind. Der König fragte, ob sein Heer vorangehen solle oder das des Königssohns. Der Königssohn zog voran und kämpfte mit seinen Husaren so tapfer, daß vom Feind nur zwei Mann übrigblieben, und auch die nur als Boten.

Jetzt freute sich nicht nur der König aufrichtig, sondern auch die Mädchen. Als sie heimwärts fuhren, luden sie wieder den Königssohn zum Gespräch ein; aber er kam nicht, sondern sprengte mit seinen Husaren von dannen.

Als er nahe der Stadt war, packte er seine Soldaten und sein Roß wieder zusammen und schlenderte in die Stadt. Zu Hause schalt ihn die Köchin aus, und zwar tüchtig, daß er so lange gesäumt hatte.

Damit wäre die Sache nun fertig gewesen; aber die jüngere Königstochter (wie es kam, weiß ich selbst nicht), kurzum, sie verliebte sich in den Königssohn. Der gab ihr seinen kupfernen Apfel und Stab; denn auch er liebte die Prinzessin.

Einmal, als sich die Prinzessin mit ihrem Vater unterhielt,

sagte sie so von ungefähr, ob es nicht ihr Diener gewesen sei, der ihnen geholfen habe. Der König geriet darüber in Zorn und befahl, daß sogleich des Dieners Zimmer durchsucht werden sollte. Und da fanden sie denn wirklich den goldenen Ring und das halbe Taschentuch. Als sie es dem König gezeigt hatten, ließ er sogleich den Königssohn zu sich rufen und fragte ihn, ob er es sei, der ihnen geholfen habe.

»Der bin ich, königliche Majestät.«

»Aber woher nahmst du dieses schreckliche Heer?«

»Wenn Sie es zu sehen wünschen, kann ich es an der Stadtgrenze zeigen.«

So geschah es auch; doch den kupfernen Apfel und den kupfernen Stab forderte er vorher von der Prinzessin zurück. Dann zeigte er ihnen alles, und es wurden so viele Soldaten, daß sie kaum Platz hatten.

Der König gab ihm in seiner großen Freude, besonders als er auch noch erfuhr, daß er ein Königssohn sei, seine Tochter und sein Königreich. Der Königssohn packte die vielen Soldaten wieder ein, jeden an seinen Platz, und dann gingen sie in die Stadt.

Nicht lange darauf hielten sie dort große Hochzeit; vielleicht leben sie auch jetzt noch, wenn sie nicht gestorben sind.

Der Aschenbrödel

Ein Bauer hatte drei Söhne; von denen wurde der jüngste Aschenbrödel genannt, denn er galt als einfältig und saß meistens im Aschenwinkel beim Herd.
Eines Tages schickte der Bauer seinen ältesten Sohn in den Weingarten, um die Trauben zu hüten, die in diesem Jahre eine besonders gute Lese zu geben versprachen.
Als nun der Bauernsohn im Weingarten saß und in die Sonne blinzelte, sah er auf einmal eine wunderbar schillernde Kröte, die ihn um ein Stück Brot bat, das er in der Hand hielt und von dem er soeben einen großen Bissen verschluckt hatte. »Ja, das fiele mir ein«, antwortete der Junge, »mit einem so ekelhaften Tier mein Frühstück zu teilen. Schau nur, daß du fortkommst, sonst erschlag' ich dich.« Und die Kröte hüpfte davon, ohne ein Wörtlein zu entgegnen.
Weil es aber sehr heiß war, schlief der Junge ein, und als er erwachte, war der halbe Weingarten zertreten und zerstampft und die Trauben zugrunde gerichtet.
Da wurde der alte Bauer sehr böse, und am nächsten Tag schickte er seinen jüngeren Sohn in den Weingarten und trug ihm auf, ihn ja besser zu behüten, als der Bruder es getan. Aber auch diesem erging es ähnlich wie dem Ältesten. Auch er verjagte die Kröte, als sie ihn um ein Stückchen seines Frühstücksbrotes bat; auch er schlief ein und fand den Weingarten nach seinem Erwachen greulich verwüstet.
Nun sagte der Jüngste, der immer im Aschenwinkel neben dem Herd hockte: »Vater, schicke mich hinaus in den

Weingarten; ich will dir die Trauben gut behüten.« Der Vater tat es, obwohl er wenig Hoffnung hatte, daß dem einfältigen »Aschenbrödel« gelingen werde, was die beiden älteren und klügeren Söhne nicht zustande gebracht hatten. Auch dem Jüngsten kroch die bunte Kröte zu, als er seinen Aschenkuchen aus der Tasche genommen hatte, um ihn zu verzehren, und bat ihn um ein Stückchen. Der mitleidige Junge gab ihr gern ein großes Stück, und als sie es verzehrt hatte, schenkte sie ihm zum Dank dafür drei Gerten, eine kupferne, eine silberne und eine goldene. »Bald werden«, sagte die Kröte zu ihm, »drei Pferde heranstürmen, eines rot wie Kupfer, das zweite wie Silber schimmernd und das dritte starrend von Gold. Aber fürchte dich nicht, berühre sie nur mit den Gerten und sie werden dem Weingarten nichts anhaben, sondern dir gehorchen und dir zu Diensten sein, sobald du sie brauchst.«

Wirklich geschah alles, wie die Kröte es vorausgesagt hatte. Der zerstampfte Weingarten richtete sich wieder auf und die Trauben gaben eine reichliche Lese. Darüber freute sich der Vater, doch der Jüngste sagte weder ihm noch den Brüdern, wie er die Trauben behütet hatte.

Am nächsten Sonntag ließ der König eine hohe Tanne, die höchste des Waldes, vor der Kirche aufrichten und auf den Wipfel des Stammes einen goldenen Rosmarin aufstecken. Auch versprach er dem die Hand seiner Tochter, der vom Rücken seines Pferdes aus mit einem Sprunge den Rosmarin erreichen könnte.

Da kamen viele Ritter und Edle, aber keinem einzigen gelang der Sprung. Endlich sprengte auch ein Gewappneter heran, dessen Rüstung war ganz aus Kupfer, ebenso auch der Helm, dessen Visier er herabgelassen hatte; auch saß er auf einem Pferde, das wie rotes Kupfer glänzte. Mit leichtem Sprunge erreichte der geheimnisvolle Ritter den Rosmarinzweig und verschwand darauf, wie wenn ihn der Erdboden verschluckt hätte.

Zu Hause erzählten die Brüder des Bauern ihrem jüngsten, den sie daheim im Aschenwinkel gelassen hatten, das Geschehene. »Ich habe es besser gesehen«, meinte darauf der jüngste.
»Von wo denn?« fragten sie erstaunt.
»Vom Zaun aus«, erwiderte er, und sogleich ließen sie den Zaun niederreißen, damit er ein andermal nichts mehr sehen könnte.
Am folgenden Sonntag ließ der König auf die Spitze der Tanne einen goldenen Apfel aufstecken und verkünden, wer ihn im Reiten herunterhole, den wolle er zu seinem Schwiegersohn machen.
Wiederum mühten sich Hunderte von Rittern vergeblich, den Apfel zu holen. Dies gelang erst einem, der zum Schluß in einer Rüstung, die ganz aus Silber war, auf einem silberschimmernden Pferde einhersprengte. Er nahm den Apfel, aber im nächsten Augenblick war er verschwunden.
Dies erzählten die beiden älteren Söhne zu Hause; doch der jüngste sagte wieder: »Ich habe es besser gesehen als ihr.«
»Von wo denn?« fragten sie darauf.
»Vom Stall aus«, war die Antwort. Deshalb rissen sie den Stall nieder, damit er das nächstemal nichts mehr sehen könne.
So kam der dritte Sonntag. Da ließ der König ein Tuch aus goldenem Gespinst auf einem Tannenbaum befestigen, der noch höher war als der frühere, und verkündete dasselbe wie die beiden ersten Male.
Es fanden sich wieder viele Ritter, die begierig waren, den Preis zu erringen; doch es erschien unmöglich. Da sprengte auf goldfarbenem Roß ein Ritter heran, dessen goldene Rüstung im Sonnenlichte wunderbar glänzte. Leicht holte er sich das Tüchlein von der Spitze des riesig großen Baumes, aber als der König ihn beglückwünschen

wollte, waren der goldene Ritter und sein goldenes Roß verschwunden.
Als die Brüder dem »Aschenbrödel« das Geschehene erzählten, meinte dieser wieder, er habe alles besser gesehen.
»Von wo denn?« fragten sie neidisch.
»Vom Giebel aus«, entgegnete der Jüngste. Nun ließen sie auch diesen abtragen aus lauter Neid, und das Haus hatte nun kein Dach, keinen Zaun und keinen Stall.
Niemand aber wußte, wer den Rosmarin, den goldenen Apfel und das kostbare Tuch von der Tanne herabgeholt hatte.
Da ließ der König verkündigen, der Ritter, der sich seine Tochter verdient hätte, möge sich doch melden und das Rosmarinzweiglein, den Apfel und das Tuch von Goldgespinst mitbringen.
Doch kein Ritter meldete sich. Der König entbot nun alle Männer an seinen Hof, doch auch unter ihnen war der Sieger mit den drei Preisen nicht. Erst ganz zuletzt kam ein Ritter in goldstrahlender Rüstung auf einem wunderschönen, goldglänzenden Pferde an den Hof geritten.
Als er das goldene Visier aufgeschlagen hatte, waren alle erstaunt, denn der goldene Ritter war niemand anders als der jüngste Sohn des Bauern, den alle »Aschenbrödel« genannt hatten.
Da er aber ein schmucker junger Mann war und noch dazu eine goldene Rüstung hatte und auf einem goldenen Pferde saß, so fand die Prinzessin einen großen Gefallen an ihm, als er ihr den Rosmarin, den Apfel und das Tuch überreichte.
Nun wurde fröhliche Hochzeit gehalten, und der brave Jüngste ließ seinen Brüdern das Haus wiederherstellen, den alten Vater aber nahm er zu sich aufs Schloß.
Bald darauf starb der König und »Aschenbrödel« bestieg sogar den Thron und wurde wegen seiner gerechten Regierung von allen seinen Untertanen geliebt und geehrt.

Der Rohrstengel

Es war einmal ein König, der hatte eine wunderschöne Tochter und wollte sie nur dem zur Gemahlin geben, welcher die wilde Kräm, die im nahen Walde hauste, mit ihren zwölf Ferkeln gefangen einbrächte. Viele junge Fürsten hatten umsonst versucht, das Tier zu fangen; sie hatte alle zerrissen und zerfleischt, und jetzt wagte es niemand mehr. Da hörten auch drei Brüder von der Sache und hatten Lust, um die Königstochter ihr Leben zu wagen. Der Älteste ließ sich einen Honigkuchen backen und machte sich zuerst auf den Weg. Als er nun gegen Mittag von seinem Kuchen aß, kam ein alter Bettler hinzu und bat: »Gib mir doch auch ein wenig, mich hungert!«
»Fort, du Lump!« schrie jener, »der ist nicht für dich gebacken!«, und gab ihm nichts. Er gelangte nicht lange darnach in den Wald und stellte sein Netz auf und stieg auf einen Baum; da kam die wilde Kräm und rannte es durch, als wäre es ein Spinngewebe, und als er sah, daß alles umsonst war, stieg er vom Baum, ging nach Hause und erzählte, wie es ihm gegangen sei.
Nun ließ der Mittlere sich einen Mehlkuchen backen und zog aus, und als er gegen Mittag von seinem Kuchen aß, kam wieder der alte Bettler zu ihm und bat um ein Stückchen Kuchen. »Der ist nicht für dich!« sagte der Junge ganz vornehm. »Packe dich!« Darauf kam er auch in den Wald, stellte da sein Netz auf und stieg selbst auf einen hohen Baum, um außer Gefahr zu sein. Die Kräm kam und rannte durch das Netz, als wenn gar nichts da wäre. Als er sah, daß er sie nicht fangen könne, stieg er vom

Baum, ging nach Hause und erzählte, wie es ihm gegangen.
Nun sprach der Jüngste: »Lasset mich gehen, ich bringe sie!« Da höhnten ihn die älteren Brüder und sprachen: »Du elender Kerl, du kannst nicht eine Katze fahen und willst die wilde Kräm einfangen!« Als er aber darauf bestand, ließen sie ihm einen Aschkuchen backen und ihn damit ziehen. Wie er nun gegen Mittag von dem Kuchen aß, siehe, da kam der alte Bettler wieder und bat um ein Stückchen. »Nimm«, sprach der Junge gleich und reichte ihm ein gutes Stück dar, »es ist freilich nur Aschkuchen!«
Der Alte ließ sich's aber wohl schmecken, und als der Junge weitergehen wollte, sprach er zu ihm: »Deine Brüder haben mich hungern lassen und dafür haben sie die wilde Kräm nicht fangen können; weil du aber mich gesättigt hast, will ich dir helfen. Nimm hier diesen Seidenfaden, und wenn du im Wald bist, so rufe nur einmal: ›Tschigo! tschigo!‹, so wird die Kräm sogleich kommen und die zwölf Ferkel hinter ihr; binde ihr dann den Faden um den Hals, und sie wird dir folgen, wohin du gehst!«
So tat nun der Junge, und es geschah alles, wie der alte Mann gesagt hatte. Er führte die Kräm, da es schon Abend war, mit den zwölf Ferkeln zuerst nach Hause, nahm den Seidenfaden ab und sperrte sie in den Stall ein. Seine Brüder aber erfaßte der Neid, und sie gönnten ihm die Königstochter nicht. Als der Jüngste am anderen Morgen zum König ging, um ihm die frohe Botschaft zu bringen, lauerten ihm seine Brüder im Felde auf, überfielen ihn, schlugen ihn tot, machten schnell eine Grube und scharrten ihn ein. Dann gingen sie nach Hause und wollten die Kräm mit den Ferkeln vor den König führen; als aber die Kräm den Seidenfaden nicht mehr fühlte, bekam sie auf einmal ihre ganze Wildheit wieder; sie durchbrach den Stall und rannte zurück in den Wald und die Ferkel ihr nach. Jetzt sahen die Brüder ein, daß sie die Königstochter

nicht erhalten könnten, schwiegen still und hielten ihre böse Tat verborgen.

Aus dem Grabe des Ermordeten war aber ein Rohrstengel emporgewachsen; diesen schnitt ein Schäfer ab und machte sich daraus eine Flöte, und wie er zum ersten Male darauf blies, hörte er den wundersamen Gesang:

»O Schäfer fein, o Schäfer fein,
Du bläst auf meinem Beinelein,
Der eine Bruder schlug mich tot,
Es floß mein But, so rot, so rot.
Der andre Bruder grub mich ein,
Was mochte des wohl Ursach sein?
's war um das Wild, 's war um das Schwein,
's war um des Königs Töchterlein!«

Da erstaunte der Schäfer und lief mit seiner Flöte zum König, und wie dieser darauf blies, so hörte er:

»O König fein, o König fein,
Du bläst auf meinem Beinelein«,

und so fort, was der Schäfer gehört hatte. Da befahl der König, daß alle Leute in seinem Reich einmal blasen sollten, und so taten sie es auch der Reihe nach; zuerst rief die Flöte jeden beim Namen an, wie den Schäfer und den König; dann aber sang sie immer das nämliche. Endlich kam es auch an die beiden Brüder. Als der eine blies, klang es:

»O Bruder mein, o Bruder mein,
Du bläst auf meinem Beinelein,
Du arger Bruder schlugst mich tot,
Es floß mein Blut, so rot, so rot.
Der andre Bruder grub mich ein,
Was mochte des wohl Ursach sein?
's war um das Wild, 's war um das Schwein,
's war um des Königs Töchterlein!«

Da mußte der andere die Flöte nehmen und blasen, und es klang wieder:

»O Bruder mein, o Bruder mein,
Du bläst auf meinem Beinelein,
Du arger Bruder schlugst mich tot,
Es floß mein Blut, so rot, so rot.
Der andre Bruder grub mich ein,
Was mochte des wohl Ursach sein?
's war um das Wild, 's war um das Schwein,
's war um des Königs Töchterlein!«

Der König ließ sogleich beide ergreifen und vor Gericht führen, und da sie ihre böse Tat eingestanden, wurden sie alsbald gehenkt. Es fand sich aber niemand mehr, der die wilde Kräm fangen wollte, und der stolze König mußte zusehen, wie die Schönheit seiner Tochter nutzlos verwelkte und verging.

Das verstoßene Mädchen

Es war einmal in einer Stadt, wo Turm auf Turm getürmt war, ein sehr, sehr reicher Mann, der wohnte dort mit seinen drei schmucken Töchtern. Dieser Mann war sehr befreundet mit einem Grafen und brachte ihm oft viele Geschenke, und alsdann kam auch er beschenkt heim.

Einstmals nun kam der Mann gerade so beladen heim vom Grafen und war sehr guter Laune. Da rief er seine drei Töchter zu sich und fragte zuerst die älteste: »Wie liebst du mich, meine schmucke Tochter?«

Das Mädchen, das ein goldenes Kleid hatte, sagte: »Ich liebe mein liebes Väterchen wie das reinste Gold.«

Da fragte er die mittlere, die ein köstliches, silbernes Hemd hatte: »Und du, wie liebst du mich?«

»Ich liebe dich, mein liebes Väterchen, wie das reinste Silber.«

Schließlich sagte er zur jüngsten und liebsten: »Und du, meine süße Tochter, wie liebst du mich?«

Er dachte, da er sie am meisten liebte, so würde sie ihn vielleicht auch am meisten lieben.

»Ich liebe meinen lieben Herrn Vater wie das reine, weiße Salz.«

Da gerieten des Mädchens Vater und ihre Schwestern in Zorn und drangen in sie, daß sie ihre Worte zurücknähme; denn nicht wahr, ein Pfund Salz kostet acht Kreuzer, also nur so hoch schätzte sie ihr liebes Väterchen?

Aber das Mädchen widerrief ihre Rede nicht. Da wurden sie sehr zornig auf sie und sagten ihr, wenn sie ihr Wort

nicht zurücknähme, so möge sie gehen, wohin sie wolle; sie würden sie nicht weiter bei sich behalten.
Was sollte das arme Mädchen machen? Sie schnürte ihr Bündel und zog in die Welt hinaus. Drei Nächte und drei Tage war sie in einem großen Wald umhergewandert und hatte im Freien, auf moosigen Plätzen, übernachtet, als ein alter Mann vor sie trat und zu ihr sprach:
»Meine liebe Tochter, ich weiß, was dich herführt. Deine Geschwister haben dich verstoßen, weil du deine Worte nicht zurückgenommen hast. Aber folge meinem Rat und gehe diesen geschlängelten Weg entlang; der führt dich zu einer Grafenburg; dort setze dich vor den Garten, und die Wachen werden dich sehen und verhaften. Jener Graf hat einen Sohn; der gewinnt dich lieb, und du wirst seine Frau.«
Das Mädchen machte es auch so; sie ging dorthin zum Garten und brachte eine Nacht dort zu. Frühmorgens gewahrten sie die Wachen und brachten sie in das Grafenschloß. Und wie des Grafen Sohn das Mädchen nur erblickte, rührte ihre Lieblichkeit ihn also, daß er sogleich seinem Vater und seiner Mutter erklärte, sie gefalle ihm so, daß er keine andere als diese zur Gemahlin nehmen werde. Aber die wollten nicht, daß er eine schamlose Herumtreiberin heirate, da er doch eine viel Feinere haben konnte.
Doch der Grafensohn achtete nicht auf ihre Reden und liebte das Mädchen nur noch mehr.
Der Graf und die Gräfin sahen nun ein, daß ihr Reden müßig war. Da fragten sie das Mädchen, warum es so umherstreiche. Das Mädchen erzählte, das sei, weil sie gesagt hatte, sie liebe ihr liebes Väterchen wie das schöne, weiße Salz; darum sei sie verstoßen worden, und ihr Herz sei jetzt übervoll von Leid.
Da war große Freude, als sie erfuhren, daß sie die Tochter des Mannes sei, der bei ihnen verkehrte. Sie bereiteten nun die Hochzeit und versammelten viel Volk; auch den Vater

des Mädchens beehrten sie mit einer Einladung. Aber er bekam seine Tochter nicht zu Gesicht. Und als die Speisen aufgetragen wurden, bekam jeder beim Grafen einen besonderen Teller; das Väterchen des Mädchens wurde auch mit einem Teller beehrt, aber sie hatten an sein Essen wenig Salz getan. Der reiche Mann suchte überall umher, doch nirgends fand er Salz. Da kam ihm der Gedanke, daß er ohne Salz nicht einen Tag leben könnte. Die Tränen traten dem reichen Mann ins Auge, und Schmerz ergriff sein Herz. Die Küchenmeister fragten ihn, warum er die Speisen nicht esse, ob sie vielleicht nicht gut seien. Da erzählte er, wie es ihm mit seiner Tochter ergangen sei, und daß er sie aus dem Hause gewiesen, und jetzt deswegen weine und klage. Er traure um seine Tochter; er wisse nichts von ihr, vielleicht sei die Arme schon tot.

Da ließ der Graf den Jüngling und das Mädchen rufen.

»Kennst du sie, mein Freund?« sagte der Graf.

»Wie sollte ich sie nicht kennen?« sagte der reiche Mann; »dies ist meine süße Tochter.« Und dann umarmten sie sich und freuten sich, daß sie sich wiedergefunden hatten, und von da an lebten sie glücklich miteinander.

Marsi

Marsi war viele Jahre Soldat, konnte es aber zu weiter nichts bringen, als daß er bei all seinen Kameraden für einen lustigen Bruder galt, weil er so freigebig war, daß er den letzten Heller mit ihnen teilte; darum nahm er zuletzt seinen Abschied und zog heim zu seinen Verwandten.

Hier kam er gerade dazu, wie sie sich in seines Vaters Nachlaß teilten, der erst ein paar Tage vorher gestorben war. Nun hatte Marsi freilich niemals ein solches Erbe erwartet, aber wunderlich war's ihm doch, daß er nicht mehr und nicht weniger kriegte als einen blanken Pfennig. Doch nahm er ihn ohne Murren, kehrte seiner Heimat wieder den Rücken und zog von dannen, nicht schwerer, als er gekommen war.

Seinen Weg nahm er durch Wies' und Feld und ging ohne Rast fürbaß, bis er an einen Wald kam. Da trat ihm ein eisgrauer Bettler entgegen und bat um eine milde Gabe. Marsi, ohne sich zu bedenken, griff in die Tasche und schenkte dem alten Manne sein ganzes Erbteil. Der dankte ihm gar freundlich und sagte: »Deine Gabe soll dir reichlich vergolten werden, Glück und Segen mögen dich begleiten auf jedem deiner Wege! Sprich, was wünschest du auf Erden?«

Marsi wunderte sich sehr, solche Worte von dem Bettler zu hören, antwortete aber ohne langes Bedenken: »Nun, guter Alter, etwas Rechtes oder gar nichts! Das Liebste wäre mir, wenn ich die Gabe bekäme, mich, wenn ich wollte, in eine Taube, einen Hasen oder einen Fisch verwandeln zu können!«

»Diese Fähigkeit sei dir verliehen!« erwiderte der Greis, »zieh hin in meinem Namen und gedenke mein!« Und kaum hatte er diese Worte gesprochen, so war er auch verschwunden.

Diese Erscheinung und die Worte des Greises beschäftigten Marsis Gedanken so sehr, daß er unvermerkt die Grenzen seines Vaterlandes überschritt, und noch vor Sonnenuntergang war er in eine fremde Königsstadt gekommen. Auf dem Hauptplatz sah er jung und alt versammelt, und laut tönte ihm Jubel und lustiger Gesang entgegen, denn gerade hatten sich eine Menge Werber eingefunden, um bei Tanz und Becherklingen für den König, der eben einen Krieg angefangen hatte, Rekruten zu sammeln. Das lustige Aussehn der Werber, die schmucke Kleidung, der blinkende Talerhaufen auf dem Tisch, um den sie tanzten, und von dem jedem, der sich anwerben ließ, das Handgeld gereicht wurde, dazu das Schwirren der Fideln und die vollen Becher, alles das behagte dem alten Soldaten so wohl, daß er sich, so müde wie er war, gleich mitdrehte in dem muntern Reigen und ein Glas ums andere auf des Königs Gesundheit trank. Eh er sich's versah, hatte er einen Tschako mit wehendem Federbusch auf dem Kopfe und ein Dutzend blanke Taler klirrten in seiner Tasche.

Schon am Tage drauf stand er wieder wie vor ein paar Wochen in Reih und Glied, und nicht lange, so ging es im alten Takt dem Feind entgegen ins Feld. Weil er aber von schöner, kräftiger Gestalt war und im Kriegswesen kein Neuling mehr, so stellte man ihn bald in die Leibkompanie ein, welche des Königs Person bewachte. Das machte ihm aber viele Feinde und Neider, denn er war ein Ausländer und hatte sich sonst bei seinem neuen Herrn noch keine Verdienste erworben.

Nun hatte der König von einem alten Zauberer einen Ring geerbt, welcher die Kraft hatte, den, der ihn trug, unüberwindlich zu machen. Unglücklicherweise aber geschah es, daß der König gerade das Mal, wo er es mit einem sehr mächtigen Feinde zu tun hatte, seinen Ring zu Hause ließ und es erst kurz vor dem ersten Angriff, den er erwarten mußte, merkte. Das Heer des Feindes griff ihn aber mit solchem Ungestüm an, daß er sich zurückziehen mußte, neue Kräfte zu sammeln; aber obgleich er seine Reihen bald wieder herstellte und dem Feind entgegenführte, auch den Mut seiner Soldaten durch das Beispiel seiner eigenen Tapferkeit und durch glänzende Versprechungen zu wecken suchte, so war dennoch alle seine Mühe umsonst. Das Glück, das ihn sonst stets begleitete, hatte ihn diesmal ganz verlassen, wie es schien, und das Heer sah sich plötzlich in einer so gefährlichen Lage, daß der König befürchten mußte, mit ihm umzingelt und gefangen zu werden.

Da rief er in der höchsten Not: »Wer mir den Ring schafft, ehe der Feind uns noch ganz überwältigt hat, der soll zur Belohnung meine einzige Tochter haben!« Aber die drohende Gefahr war schon so nahe und die Entfernung von der Hauptstadt so weit, daß auch der schnellste Reiter sich nicht zutrauen konnte, zu rechter Zeit wieder zurück zu sein, denn auch der hätte sieben Tage gebraucht, alle die Gewässer und Berge zu passieren, welche auf dem Weg zur Königsstadt liegen. Das bedachten alle und darum zuckten sie bedenklich die Achseln, und kein einziger wagte es, den Auftrag zu übernehmen.

Da gedachte Marsi der drei Wundergaben, die ihm der Bettler verliehen, trat vor den König und sprach: »Dein Ring, o König, soll bald zur Stelle sein, gedenke du dann deiner Zusage!«

Und sogleich rüttelte er und schüttelte sich und floh in Gestalt eines Hasen über Stock und Stein, ja er lief so schnell, daß der Staub in großen Wolken hinter ihm aufflog, worüber sich alle, die es sahen, sehr wunderten.

Als er an den Theißfluß kam, rüttelte er sich wieder und schwamm als silberner Hecht hinüber; und wie er das Ufer drüben erreicht hatte, rüttelte er sich zum dritten Mal, schwang sich als Taube in die Luft und flog schneller als der Wind über Berg und Tal. Ehe sich's der König im Lager träumen ließ, hatte Marsi die Burg erreicht, schwebte durchs Fenster in das Gemach der schönen Prinzessin und setzte sich ihr auf den Schoß. Die Königstochter liebkoste die zahme Taube, reichte ihr Milch und Zuckerbrot; aber die Taube rüttelte sich plötzlich, und Marsi stand in seiner natürlichen Gestalt vor der erstaunten Prinzessin. Er entdeckte ihr sogleich, in welcher Absicht er gekommen war, und wie die Prinzessin das alles hörte, freute sie sich sehr, einen so hübschen braven Soldaten zum Bräutigam zu haben. Sie gab ihm den kostbaren Talisman und warnte ihn zugleich, sich auf dem Heimweg vor der Hinterlist seiner neidischen Kameraden in acht zu nehmen.

Damit er nun, wenn er des Ringes beraubt wurde oder ihm sonst etwas Schlimmes begegnete, ein Zeugnis vor dem König hätte, bat er die Prinzessin, drei Pfänder von ihm zu nehmen. Er rüttelte sich, saß der Prinzessin wieder als Taube auf dem Schoß und sprach:

»Zieh jetzt zwei Federlein
aus meinen Flügelein!«

Das tat die Prinzessin und zog zwei schöne Federn heraus aus den Taubenflügeln. Da rüttelte sich auch die Taube, und ein schöner silberner Hecht lag vor ihr, der sagte:

»Nimm mit dem Fingerlein
acht von den Schuppen mein!«

Da zog die Prinzessin acht schöne Silberschuppen heraus. Nun rüttelte sich aber auch der Hecht und verwandelte sich auf der Stelle in einen Hasen, der sprach:

»Schneid, Königstöchterlein,
nur ab mein Schwänzelein!«

Die Prinzessin nahm die Schere und schnitt ihm das Schwänzchen ab; alle drei Pfänder tat sie in ein Schächtelchen und legte es zu ihren Schmucksachen unter Schloß und Riegel. Unterdessen hatte sich auch der Hase wieder gerüttelt, stand als Marsi da und nahm jetzt von der Prinzessin Abschied. Darauf verwandelte er sich wieder in eine Taube, nahm den Zauberring in den Schnabel und flog in aller Eile zum Fenster hinaus. Aber der lange Weg, den er zurücklegen mußte, und die ungewohnte Last des Ringes ermüdeten ihn allmählich; doch nahm er alle seine Kräfte zusammen und steuerte mutig der Gegend des Lagers zu, wo ihn der König bereits mit großer Sehnsucht erwartete. Nur noch ein paar hundert Schritt war er ab vom Lager, da erhob sich auf einmal ein Wind, der ihm so heftig entgegenwehte, daß er seinen Flug aufgeben mußte und sich in einen Hasen verwandeln. Er rüttelte sich, nahm den Ring ins Maul und floh, so schnell er konnte, dahin über Stock und Stein.

Aber bald erfuhr er, wie sehr die Prinzessin Grund gehabt hatte, ihn zu warnen. Einer von seinen Kriegskameraden, der ihn als Hasen hatte fortlaufen sehen, entbrannte dergestalt vor Neid, daß er sich vornahm, ihm bei seiner Heimkehr aufzulauern und das Glück zu entreißen, das ihm der König zugesagt hatte. Er versteckte sich hinter einem Zelt, und wie der Hase herankam, schoß er ihn auf der Stelle tot, nahm ihm den Ring aus dem Maul und ging zum König. Der freute sich ungemein, seinen Talisman wiederzuhaben, steckte ihn gleich an den Finger und bekräftigte dem, der ihn gebracht hatte, sein Versprechen. Noch war keine Stunde vergangen, da wandte sich das Glück des Krieges wieder auf des Königs Seite: Das ganze feindliche Heer wurde geschlagen, sein Fürst getötet, alles Kriegsgerät samt vielen Schätzen und Kostbarkeiten erbeutet und das Land ohne große Anstrengung erobert.

Da nun der Krieg ein Ende hatte, so kehrte der König mit seinem siegreichen Heer wieder heim und zog unter dem Jubel des Volkes in seine Burg ein. Die Prinzessin freute sich von Herzen über seine Ankunft, aber ihr Blick suchte vergebens ihren Bräutigam in den Reihen tapferer Krieger, welche die Burg umgaben und jubelnd und jauchzend die Fahnen schwenkten. Da trat ihr der König entgegen mit festlichem Geleit und führte ihr Marsis Mörder, den falschen Bräutigam, vor, indem er sagte: »Hier ist der, dem ich deine Hand versprochen habe, der brave Soldat, der mir den Ring gebracht und damit uns alle gerettet hat. Morgen soll eure Hochzeit gefeiert werden, zugleich mit der Siegesfeier.«

Die Prinzessin aber erschrak heftig, wie sie das hörte, brach in heiße Tränen aus und weinte Tag und Nacht. Und der Gram ging ihr so zu Herzen, daß sie schwer erkrankte; aber den Grund sagte sie nicht, nahm auch keine Nahrung zu sich, sondern weinte ohne Aufhören; darum konnte auch weder die Siegesfeier gehalten werden noch die Trauung vollzogen. Da wurde der König auch von Tage zu Tage ernster, weil ihm seiner Tochter Leiden naheging, aber weder er noch die Ärzte wußten den Grund dafür zu sagen.

Indes war Marsi, der arme Hase, auf dem Felde liegengeblieben und nahe daran, ein Fraß der Raben zu werden. Da geschah es aber, daß der graue Bettler, der ihm einmal für seinen Pfennig die drei Wundergaben verliehen hatte, wiederum über das Feld kam und ihn starr am Boden liegen fand. Er erkannte ihn gleich und sprach: »Hase, steh auf und lebe! Rüttele und schüttle dich und eile auf die Königsburg, denn ein anderer steht an deinem Platze; säume nicht, sonst kommst du zu spät.«

Da sprang der Hase wieder munter und lebendig auf seine Füße, eilte so schnell er konnte über Feld und Heide, und als er an das Ufer der Theiß kam, tauchte er in die Flut und schwamm als silbener Hecht hinüber. Dann wurde er wieder zur Taube und flog rasch über Berg und Tal, bis er an die Hofburg des Königs gelangte. Da rüttelte er sich, nahm seine natürliche Gestalt an und erschien vor des Herrschers Angesicht. Der König wollte ihn aber nicht anerkennen, schalt ihn einen unverschämten Lügner und stellte ihm den Mann gegenüber, der den Zauberring gebracht hatte. Diese Begegnung kränkte den armen Marsi so, daß er die Tränen kaum zurückhalten konnte; doch aber faßte er wieder Mut und sprach zum König: »Willst du gewähren, daß ich mich rechtfertige, so laß mich vor der Prinzessin erscheinen; aus ihrem Munde wirst du hören, wer dir den Ring gebracht hat, ob ich oder jener Schurke von Betrüger.« Der König betrachtete ihn genauer und immer mehr erinnerte er sich, je länger er ihn ansah, daß es kein anderer als Marsi gewesen war, der sich erboten hatte, den Ring zu holen; er sagte aber nichts und führte ihn gleich selber zu seiner Tochter.

Sie fanden die Prinzessin noch immer in tiefem Kummer, kaum aber erblickte sie Marsi, als sie vergnügt aufsprang, ihm entgegenlief und ausrief: »Das ist mein rechter Bräutigam, ihm hab ich den Ring gegeben, und er ist es, dem wir den Sieg verdanken.« Alle Anwesenden wunderten sich sehr über diese Worte, der König aber wurde sehr verlegen, denn jetzt wußte er bestimmt, daß der eine den Ring hatte holen wollen und der andere ihn gebracht hatte.

Da holte die Prinzessin das Schächtelchen, worin sie Marsis Pfänder aufgehoben hatte, und sagte zu ihrem Vater: »Befiehl doch einmal dem Betrüger da, sich in einen Hasen, einen Hecht und eine Taube zu verwandeln.« Der König befahl es, aber der falsche Bräutigam stand unbeweglich und wie gelähmt vor Angst und Schreck. Mit einem Male aber rüttelte sich Marsi und saß der Prinzessin als Taube auf dem Schoß, und die Taube sagte:

»Fasse die Federlein
wieder mir ein!«

Da nahm die Prinzessin die beiden Federn aus der Schachtel, hielt sie an die Flügel der Taube, und jeder mußte erkennen, daß sie der Taube gehörten. Nun rüttelte sich die Taube, ein silberner Hecht lag an ihrer Stelle und sagte:

»Nun, Königstöchterlein,
setz mir die Schuppen ein!«

Da nahm die Prinzessin die acht Silberschuppen, und aller Augen konnten sehen, daß sie am Fische gefehlt hatten. Endlich rüttelte sich auch der Hecht, sprang als Hase zu den Füßen der Königstochter und sagte:

»Nun setz mein Schwänzelein
wieder mir ein!«

Da überzeugten sich alle, daß dem Häschen das Schwänzchen fehlte, und es paßte prächtig. Zuletzt schüttelte sich der Hase wieder und Marsi stand in seiner wahren Gestalt da.

Als der dem König erzählt hatte, was ihm widerfahren war, ließ dieser den Betrüger sogleich ergreifen und an den Galgen hängen. Am nächsten Tag aber wurde die Königstochter dem braven Soldaten vermählt. Das war eine Hochzeit! Jedermann war vergnügt; der König aber schenkte seinem Eidam das Reich, das er erobert hatte, zur Mitgabe. Dort wurde Marsi als König gekrönt, und alle lebten nun froh und glücklich bis an ihr Ende.

Die redende Weintraube, der lachende Apfel und der klingende Pfirsich

Wo war's, wo war's nicht – das war über die sieben Länder weg, da war einmal ein König, der hatte drei Töchter. Einmal reiste der König auf den Jahrmarkt und sprach zu seinen Töchtern: »Was soll ich euch vom Markte mitbringen, liebe Kinder?« Die älteste sagte: »Mir ein goldenes Kleid, süßer königlicher Vater«; die zweite sprach: »Mir ein Kleid von Silber«; aber die dritte: »Mir eine redende Weintraube, einen lachenden Apfel und einen klingenden Pfirsich.«

»Gut, meine Kinder«, sagte der König und fuhr weg.

Auf dem Markt kaufte er sogleich für seine zwei Mädchen die Kleider, aber die redende Weintraube, den lachenden Apfel und den klingenden Pfirsich konnte er trotz all seiner Bemühungen und Nachfragen nicht finden. Traurig, daß er gerade seinem liebsten Kinde nichts mitbringen konnte, machte er sich darum wieder auf den Heimweg. Indessen da ereignete es sich, daß der königliche Wagen, obgleich die Pferde sonst gehörig auszogen, steckenblieb. Sogleich wurde Vorspann geholt, aber vergeblich: Die Pferde waren dennoch nicht imstande, den Wagen vorwärts oder rückwärts zu bewegen. Schon gaben sie alle Hoffnung auf, den Wagen wieder losmachen zu können, da zeigte sich plötzlich ein schmutziger borstiger Eber und rief: »Röch, röch, röch! König, gib mir deine jüngste Tochter, ich kann dich befreien.«

Der König, um nur loszukommen, versprach es, und jener schob den Wagen nur ein bißchen mit dem Rüssel, da flog er aus dem Morast heraus, beinahe über die Pferde weg.

Der König gab nun seinen beiden Töchtern die Kleider und grämte sich von neuem, daß er seiner geliebten Tochter nicht nur nichts mitgebracht hatte, ja sie sogar dem widerlichen Ungeheuer versprochen hatte.
Nicht lange, so kam der Eber einen Karren ziehend auf den Hof des Schlosses und rief laut: »Röch, röch, röch! König, hier bin ich, um mir deine Tochter zu holen.«
Der König erschrak, und um seine Tochter zu retten, zog er einem Bauernmädchen reiche goldgestickte Kleider an und schickte sie herunter, und diese setzte sich auf den Karren.
Aber der Eber schrie: »Röch, röch, röch! König, das ist nicht deine Tochter«, und warf sie vom Karren herunter.
Als der König sah, daß er ihn nicht hintergehen konnte, schickte er seine Tochter, die er versprochen hatte, aber in ärmlichen schmutzigen Kleidern, weil er hoffte, sie würde nun dem Eber nicht gefallen. Der aber setzte das Mädchen unter großem Freudengeschrei auf den Karren, und der Vater weinte, daß er durch sein leichtsinniges Versprechen seiner lieben Tochter ein solches Schicksal bereitet hatte.
Indes zog das Schwein mit dem schluchzenden Mädchen fort, bis es nach einer langen Fahrt vor einer schlechten Kaue anhielt und rief: »Röch, röch, röch! Steig herunter vom Karren, Mädchen!«
Das Mädchen stieg herunter. »Röch, röch, röch! Geh hier in deine künftige Wohnung«, schrie es wieder, und das Mädchen gehorchte in Tränen gebadet. Dann fing es an, ihr Mais in einen Trog zu schütten und eine Streu von zusammengekehrten Strohhälmchen zu machen. Lange kam dem betrübten Mädchen kein Schlaf auf die Augen; erst als die Klagen sie ganz müde gemacht hatten, schlief sie ein bißchen ein, und je mehr sie sich zermalmt fühlte, um so tiefer wurde ihr Schlaf, so daß das Mädchen am andern Tage fast erst gegen Mittag aufwachte.
Sie sah um sich und erschrak, denn sie sah sich in einem

Feenpalast mit Purpurtapeten und Goldquasten dran, in einem schönen, weißseidenen Bette. Auf den ersten Ruf bei ihrem Erwachen eilten Zofen herbei, welche ihre Befehle erwarteten und die kostbarsten Kleider für sie bereithielten. Wie verzaubert von dem Gesehenen, ließ sich das Mädchen ankleiden, ohne ein Wort zu sprechen, und nun führten sie die Zofen in ein prachtvolles Frühstückszimmer, wo sie ein junger Mann mit der bezauberndsten Anmut empfing.

»Ich bin dein Gatte, wenn du's zufrieden bist, und alles, was du siehst, ist dein«, rief er, und nach dem Frühstück begleitete er sie in einen allerliebsten Garten. Das Mädchen wußte nicht, war's Traum oder Wirklichkeit, was sie sah, und der Jüngling begegnete allen ihren Nachfragen mit ausweichenden Scherzen. Alsbald traten sie in den Obstgarten ein, und hier riefen ihr die Trauben entgegen: »Schöne Königin, nimm uns mit«; die Äpfel lachten fortwährend untereinander, und die Pfirsiche klangen dazu im schönsten Silberton.

»Sieh, meine Liebe«, sagte jetzt der schöne junge Mann, »hier ist, was du wünschtest und was dein Vater dir nicht geben konnte. Wisse jetzt: ich war ein Fürst, wurde aber in einen Eber verzaubert; und aus diesem Zustande konnte ich nicht eher erlöst werden, als bis sich ein Mädchen eine redende Traube, einen lachenden Apfel und einen klingenden Pfirsich wünschte. Du warst dieses Mädchen, und so bin ich durch dich erlöst worden; und wenn ich dir gefalle, so wirst du die meine für alle Ewigkeit.« Dem Mädchen gefiel der schöne Jüngling und die königliche Pracht, und sie willigte ein, dann gingen sie voll Jubel, es ihren Vätern anzuzeigen und ihnen ihre Seligkeit zu erzählen.

Die Braut des Phuvusch

Es war einmal ein armer Mann, der hatte nur ein einziges Kind, eine wunderschöne Tochter. Er war sehr arm, aber er konnte doch von einem Tag zum andern leben, denn wenn er auch im Dorfe nicht immer Arbeit fand, so gab man doch dem schönen Mädchen gerne irgendeine Beschäftigung, damit sie sich Geld verdiene. So traf es sich denn nie, daß der arme Mann hungrig zu Bett ging; er bekam von seiner Tochter jeden Tag wohlschmeckende Speisen zu essen und Branntwein zu trinken, ob er nun etwas Geld verdient hatte oder nicht. Trotzdem war er stets traurig, und seit dem Leichenbegängnis seiner Frau hatte ihn niemand lachen gesehen. Die Leute dachten sich, er betrauere sein Weib so sehr; aber sie täuschten sich, denn der Mann war um etwas ganz anderes so traurig. Als sein Weib vor sieben Jahren starb, da hatte er keinen einzigen Kreuzer in der Tasche, um einen Sarg zu kaufen und den Popen bezahlen zu können. Als seine Frau die Augen geschlossen hatte, da ging der arme Mann hinaus auf das Feld, wo er sich auf einen Grenzstein niedersetzte und bitterlich weinte. Da kroch aus einem Erdloch ein Phuvusch hervor und sprach also zum Mann: »Zwei Männer, die heute hier vorüberkamen, erzählten sich, daß du deine gestorbene Frau nicht begraben lassen kannst! Nun, ich will dir helfen und Geld für einen Sarg und den Popen geben, wenn du versprichst, deine Tochter mir nach sieben Jahren zu überliefern! Ich will sie zum Weibe haben!« Der Mann überlegte sich die Sache und sprach endlich zum Phuvusch: »Gut, ich will dir nach sieben Jahren meine Tochter geben!« Hierauf gab ihm der Phuvusch einige Goldstücke, und der

Mann ließ nun sein totes Weib bestatten. Seit der Zeit war er stets traurig, und niemand sah ihn mehr lachen.
Die sieben Jahre waren bald um. Die Tochter des armen Mannes war ein schönes Mädchen geworden und hatte einen schönen Burschen namens Anrus (Andreas) zum Geliebten. Dieser wollte das Mädchen im nächsten Fasching heiraten. Schon war der Hochzeitstag nahe, als eines Abends der arme Mann zu seiner Tochter sprach: »Komm' mit mir! Ich will auf das Feld gehen.« Das Mädchen ging nun mit ihrem Vater hinaus auf das Feld, und als sie an dem Ort standen, wo dem Mann vor sieben Jahren der Phuvusch die Goldstücke gegeben hatte, da sprach der Vater zu seiner Tochter: »Bleibe hier, mein Kind, ich gehe nur bis an den Wald, um Reisig zu sammeln!« Der Mann küßte seine Tochter und lief dann, wie er nur laufen konnte, zurück ins Dorf. Der Phuvusch kroch aus dem Erdloch hervor und trug das schöne Mädchen hinab unter die Erde, wo das Land der Phuvusche liegt.
Am nächsten Abend kam Anrus in die Hütte des armen Mannes und fragte nach seiner Geliebten. Der Mann erzählte ihm weinend, daß ein Phuvusch sie gestern entführt habe. Anrus war untröstlich und ließ sich vom Mann an den Ort führen, wo gestern der Phuvusch seine Geliebte geholt hatte. Als ihm der Mann die Erdhöhle zeigte, da ging er sofort hinein, aber er mußte bald umkehren, denn ein großer Stein versperrte den Eingang in das Land der Phuvusche. Als Anrus aus dem Erdloch hervorkroch, sprach er zum Vater seiner Geliebten: »Gehe nach Hause! Ich werde hier bleiben, bis daß ich etwas ersinne, um ins Land der Phuvusche zu kommen!«
Während der arme Mann in seiner Hütte einsam und allein saß, stand Anrus draußen auf dem Feld vor dem Erdloch und wartete auf den Phuvusch. Endlich kam dieser aus der Höhle hervor. Als er Anrus erblickte, sprach er: »Was suchst du hier?«

Der Bursche versetzte: »Ich suche einen Dienst und finde keinen!«
Hierauf sprach der Phuvusch: »Komm' mit mir ins Land der Phuvusche, dort will ich dir schon eine Beschäftigung geben!«
Das war nun unserem Anrus eben recht. Er ging also mit dem Phuvusch weg, und als sie an den großen Stein kamen, da nahm der Phuvusch aus seiner Tasche ein rotes Ei hervor, mit dem er den Stein berührte. Dieser schob sich beiseite, und sie traten ins dunkle Land der Phuvusche. Da steckte der Phuvusch das rote Ei in die Tasche und warf ein weißes auf die Erde, das wie die Sonne so hell leuchtete und langsam vor ihnen herrollte. Sie kamen an vielen Häusern vorbei, in denen lauter Phuvusche wohnten. Als sie ins Haus des Phuvusch eintraten, da erblickte Anrus seine Geliebte, die in einem Winkel saß und weinte. Er winkte ihr zu schweigen.
Der Phuvusch sprach nun zum Jüngling: »Dieses Mädchen wird übermorgen meine Frau, und du hast ihr sowie mir zu folgen und alles zu tun, was sie dir befiehlt. Hier ist eine schwarze Henne! Dieser hast du täglich das Fressen und das Wasser zu geben, doch darfst du sie mit deiner Hand nie berühren, denn dann stirbt sie, und ich töte dich!«
Anrus versprach, alles zu tun, was man ihm auftrage, und wurde also der Diener des Phuvusch. Er gab der Henne das Futter und Wasser, fegte das Haus aus und war den ganzen Tag über tätig.
Am nächsten Tag ging der Phuvusch hinauf auf die Erde, und da konnte denn Anrus mit seiner Geliebten sprechen. »Wie sollen wir von hier auf die Erde zurückkehren?« fragte sie.
Anrus versetzte: »Das weiß ich nicht! Aber lieber will ich dich tot sehen, als daß du das Weib des häßlichen Phuvusch werdest!«

Da sagte das Mädchen: »Weißt du, warum der Phuvusch diese schwarze Henne so bewachen läßt? Nun, ich will es dir sagen. Der dumme Phuvusch erzählte mir, daß diese Henne drei Eier in ihrem Innern berge; ein rotes, ein weißes und ein schwarzes Ei; das schwarze enthält seine Kraft, und wer es besitzt, dem könne er nichts anhaben, und wer es ins Wasser wirft, der nimmt ihm das Leben!«
Voller Freude sprach nun Anrus: »In der Nacht, wenn der Phuvusch schläft, will ich die Henne mit meiner Hand berühren und töten; dann nehmen wir die Eier und kehren auf die Erde zurück!« Und so geschah es auch.
Der Phuvusch kehrte abends heim und legte sich nieder. Als er schlief, berührte Anrus die schwarze Henne, und als diese krepierte, da nahm er aus ihrem Bauch die drei Eier heraus und steckte sie in seinen Sack. Hierauf ging er mit seiner Geliebten ins Freie hinaus. Dort war es so dunkel, daß man gar nichts sehen konnte; Anrus aber nahm das weiße Ei aus seiner Tasche heraus und legte es auf den Boden; es leuchtete wie die Sonne so hell und rollte langsam voraus. Anrus und seine Geliebte folgten ihm, und als sie vor dem großen Stein standen, da nahmen sie das rote Ei hervor und berührten damit den Stein. Dieser schob sich beiseite, und Anrus und seine Geliebte waren wieder droben auf der Erde.
Sie liefen nun, so schnell sie nur konnten, und warfen das schwarze Ei in den nächsten Fluß. Da erzitterte die Erde so stark, daß sie sich nicht auf den Füßen halten konnten und auf den Boden fielen. Anrus sprach: »Jetzt ist der Phuvusch gestorben!«
Als sie in die Hütte des armen Mannes kamen, da begann erst die rechte Freude! Anrus und das schöne Mädchen wurden ein Paar und lebten nun in Glück und Freuden. Als sie die Hochzeit abhielten, da lachte der arme Mann seit sieben Jahren wieder einmal...

Eisen Laczi

Es war einmal ein König, der hat drei Töchter und drei Söhne gehabt; der jüngste Sohn hieß Eisen Laczi und war sehr mutwillig. Wie er nun einmal aus der Schule nach Hause ging, begegnete ihm ein altes Weib, welches Eier in einem Korb trug. Der junge Prinz stieß absichtlich an ihren Korb, so daß alle Eier heraus und auf den Boden fielen. Die Alte aber sprach zornig: »Für diese Unart soll dir dein nächster Wunsch gewährt sein«, und mit diesem Wort waren sie und die Eier verschwunden. Wie der Prinz nach Hause kam, standen seine drei Schwestern eben im Hof. Die erste hatte ein Kleid wie die Sonne, die zweite eines wie der Mond, die dritte eines wie die Sterne. Dies waren ihre Hauskleider, an Festtagen trugen sie noch prächtigere. Sie luden Eisen Laczi zum Ballspiel ein. Er nahm den Vorschlag willig an; die drei Schwestern aber hatten sich verabredet, daß sie ihn oft und tüchtig treffen wollten, um ihm die losen Streiche alle zu vergelten, die er ihnen gespielt. Die Prinzessinnen waren sehr geschickt, und jeder Wurf traf. Wie nun Eisen Laczi merkte, daß sie es auf ihn abgesehen hätten, wurde er zornig und rief: »Ich wollte, daß euch die Erde verschlänge«, und alsobald waren auch die drei Prinzessinnen von der Erde verschlungen.

Der ganze Hof geriet hierüber in Trauer und Bestürzung. Der älteste Sohn trat zu seinem Vater und sprach: »Vater, laß mich hinausziehen, ich suche meine Schwestern und bringe sie wieder zurück.« Der Vater gab seine Einwilligung, der älteste Prinz zog hinaus, kam aber nicht wieder zurück. Auch der zweite Prinz zog hinaus, die Schwestern zu suchen, aber auch er kam nicht wieder zurück.

Indessen war Eisen Laczi herangewachsen, und als der König einst auf seinem Thron saß, kniete er vor ihm nieder und redete: »Vater! an all dem Schmerz, der dich befallen, bin ich schuld. Erlaube mir, daß ich hinausziehe, die verlorenen Schwestern und Brüder aufzusuchen. Mit ihnen oder nie siehst du mich wieder.« Der König war über diese Heldengesinnung erfreut und willfahrte seinem Wunsch.

Eisen Laczi war schon einen ganzen Tag gewandert, als er im Wald eine arme Frau traf, die sich abmühte, ein Bündel Holz vom Boden aufzuheben. Eisen Laczi, der seit dem Verschwinden seiner Schwestern sanft und mild geworden war und dem jetzt die Erinnerung an das alte Weib mit den Eiern lebhaft erwachte, näherte sich der alten Frau, hob das Bündel Holz vom Boden auf und legte es ihr auf den Rücken.

Die Alte sah ihn freundlich an. »Euer guter Wille soll Euch vergolten werden«, sagte sie. »Ich weiß, wohin Ihr wollt, wär't Ihr mir nicht beigestanden, so hättet Ihr Eure Schwestern nie gefunden. Jetzt aber will ich Euch auf Eurem Pfad helfen.« Sie stampfte auf den Boden, die Erde öffnete sich und ein Kasten war zu Eisen Laczis Füßen. Die arme Frau fuhr fort: »Lege dich in diesen Kasten, er bringt dich unter die Erde in das Schloß, wo die Schwester mit dem Sonnenkleid wohnt.«

Eisen Laczi folgte ihrer Rede, die Erde schloß sich über ihm und der Kasten lief fort, weit, weit, sehr weit. Plötzlich blieb der Kasten stehen, die Lade öffnete sich, Eisen Laczi sprang hinaus und sah ein silbernes Schloß vor sich. Ein Fluß aber rauschte vor dem Tor, und über den Fluß führte eine Brücke aus Rasiermessern; die Messer aber bewegten sich unaufhörlich, so daß sie alles zerschnitten, was sich auf die Brücke wagte.

»Wie werde ich da hinüberkommen?« rief Eisen Laczi aus.

»Sei unbesorgt«, antwortete der Kasten, »hinein in das Schloß werd' ich dich schon bringen, wie du aber hinaus kommst, ist deine Sorge.«

Eisen Laczi legte sich wieder in die Lade, und der Kasten brachte ihn unter dem Fluß mitten in das Schloß. Hier sprang Eisen Laczi zum zweitenmal aus der Lade, bedankte sich bei dem Kasten für die Mühe, die er sich mit ihm gegeben, trug ihm auf, der alten freundlichen Frau seinen herzlichsten Dank zu melden, und ging die Stiege hinauf. Oben begegnete er seiner Schwester.

»Wie kommst du her, mein Bruder?« rief sie aus. »Hierher, wo selbst kein Vogel fliegt?«

»Ich will dich abholen«, entgegnete Eisen Laczi.

»Ich bin in der Gewalt des sechsköpfigen Drachen; wenn er dich hier trifft, bist du verloren«, sprach die Schwester.

»Ich werde mit ihm kämpfen«, redete Eisen Laczi. »Zeige mir die Rüstkammer, daß ich mir eine Rüstung aussuche.«

Die Schwester tat nach seinem Willen. Wie nun Eisen Laczi unter den Schwertern und andern Waffengattungen wählte, fand er plötzlich ein Fläschchen mit der Aufschrift: DRACHENSTÄRKE. Er setzte es an und trank es bis an den Boden aus. Kaum hatte er das Fläschchen wieder niedergestellt, als er einen entsetzlichen Knall vernahm.

»Der Drache kommt nach Haus«, rief die Prinzessin. »Aus einer Entfernung von zehn Meilen wirft er jedesmal seinen Buzogány auf das Tor, daß es angelweit aufspringt, so kündet er seine Ankunft an.«

Wie sie das letzte Wort gesprochen, stand der sechsköpfige Drache schon vor ihnen. »Was willst du hier, Mensch?« rief er zornig aus.

»Ich will mit dir kämpfen«, antwortete Eisen Laczi.

»Ich muß erst sehen«, erwiderte der Drache, »ob du würdig bist, dich mit mir zu messen.«

Er winkte der Prinzessin; sie brachte ein steinernes Brot und ein hölzernes Messer. Der Drache nahm beides und

schnitt sich ein Stück vom Brot ab und reichte dann Messer und Brot dem Eisen Laczi hin. Eisen Laczi schnitt das Brot mitten auseinander.
Der sechsköpfige Drache sah ihn verwundert an und sprach: »Ich will mit dir kämpfen.« Sie schritten zur Eisentenne hinab. Eisen Laczi umfaßte den Drachen und warf ihn zu Boden, daß er bis an das Knie im Eisen versank. Der Drache aber sprang heraus und warf Eisen Laczi bis an die Hüften in den Boden. Dieser aber raffte sich wieder auf und warf den Drachen so nieder, daß er bis an den Hals versank, dann zog er sein Schwert und hieb ihm alle sechs Köpfe ab.
»Vom Drachen hast du mich befreit, mein lieber Bruder«, rief die Prinzessin freudig aus, »aber wie kommen wir über die Brücke?«
»Sei ohne Sorgen«, entgegnete Eisen Laczi, grub den Drachen aus, zog ihm die Haut ab und breitete sie über die Brücke. So scharf die Messer auch schnitten, doch widerstand ihnen die Haut, bis Eisen Laczi und seine Schwester hinüber waren. Drüben stand die alte Frau, nahm die Prinzessin beim Arm und sprach: »Ich bringe dich zu deinem Vater, du aber, Laczi, geh zu meinem Bruder, dem Schmied, der wird dir weiterhelfen.«
Eisen Laczi ging weiter fort und traf auf eine Schmiede, die war ganz aus Stahl, und der Schmied war es auch. »Guten Morgen, Laczi!« rief der Stahlschmied. »Meine Schwester hat mir schon gesagt, was du willst, ich will dir helfen. Du sollst von Eisen sein, wie die Leute sagen. Dies ist zu deinem Kampfe nicht genug; ich will dich stählen.« Eisen Laczi trat zu ihm hinein, und durch des Schmiedes Kunst wurde er hart wie Stahl.
Er ging nun mutig seinen Weg weiter zum goldenen Schloß, das ihm von fern her entgegenschimmerte. Als er näher kam, sah er, daß es sich auf Entenfüßen unaufhörlich bewegte. Eisen Laczi faßte den einen Fuß so, daß das

Schloß nicht weiterkonnte; mit der anderen Hand riß er das Tor auf und trat hinein. Der neunköpfige Drache kam ihm entgegen und sprach: »Du bist ein starker Bursche, ich will mit dir kämpfen; sei du ein eisernes Rad, ich will ein papiernes Rad sein. Rennen wir von zwei Bergen gegeneinander an.«

»Nein«, sprach Eisen Laczi, »sei du das eiserne Rad, ich will das papierne sein«, und so geschah es auch. Die zwei Räder rannten gegeneinander an, das Eisenrad fiel um und verlor einen Nagel; dieser Nagel aber war ein Kopf des Drachen. Da sprach der Drache: »Kämpfen wir als Flammen; sei du die rote Flamme, ich will die blaue sein.«

»Nein«, sprach Eisen Laczi, »ich will die blaue sein, sei du die rote«, und so geschah es auch. Wie nun die beiden Flammen miteinander rangen, flog der Wasserrabe über sie hin. Der Drache rief ihn an: »Wasserrabe! Wasserrabe! Gieß nur einen Tropfen in die blaue Flamme, ich gebe dir einen Kopf dafür.«

Dies erzürnte Eisen Laczi sehr, und er rief: »Wasserrabe! Gieß einen Tropfen in die rote Flamme, und ich gebe dir neun Köpfe dafür. Der Wasserrabe tat nach Eisen Laczis Wunsch, und die rote Flamme erlosch augenblicklich. Eisen Laczi gab nun dem Wasserraben die neun Köpfe des Drachen, nahm seine Schwester, die Prinzessin mit dem Mondkleid, brachte sie zum stählernen Schmied und bat ihn, er möchte sie zu seinem Vater bringen. Der Schmied versprach es, Eisen Laczi aber ging weiter, seine dritte Schwester, die nämlich mit dem Sternenkleid, und seine beiden Brüder aufzusuchen.

Es waren schon mehrere Tage vergangen, als er zu einem brennenden Heuschober gelangte. Im Heuschober aber war eine Schlange, die Schlange rief gar kläglich: »Hilf mir, ich will dir dankbar sein!«

Eisen Laczi trat hinzu und riß die Schlange heraus.

Da sprach die Schlange: »Ich bin die Tochter des Schlan-

genkönigs, komm mit mir auf seine Burg, er wird dir meine Rettung lohnen.« Als sie am Tor der Schlangenburg standen, sagte die Prinzessin: »Was dir auch mein Vater bieten mag, nimm es nicht, begehre aber das schlechteste Pferd, das rostigste Schwert und das schmutzigste Hemd aus der Schlangenburg. Es wird dich nicht reuen.«
Hierauf führte sie ihn zu ihrem Vater. Als der Schlangenkönig die Gefahr und Rettung seiner Tochter vernahm, bot er Eisen Laczi Gold und Silber und Geschmeid und verschiedene Zauberkünste an. Eisen Laczi aber entgegnete: »Dies alles brauch ich nicht, gib mir nur das schlechteste Pferd, das rostigste Schwert und das schmutzigste Hemd in der Schlangenburg.« Der Schlangenkönig stutzte einen Augenblick, dann sprach er: »Diesen Wunsch hat dich meine Tochter gelehrt, es sei!« Hierauf wurden die drei Gaben gebracht.
Die Tochter des Schlangenkönigs redete aber zu Eisen Laczi: »Du hast gut getan, meinem Rat zu folgen. Das Roß ist ein Tátos, das Schwert besiegt jeden Feind, solang es nicht geputzt wird, das Hemd macht unverletzbar, solang es in kein Wasser kommt; benütze diese Gaben gut, so kannst du deinen Zweck erreichen.«
Eisen Laczi zog weiter fort zur Burg des zwölfköpfigen Drachen, der seine Schwester mit dem Sternenkleid gefangenhielt. Als er ankam, war der Drache eben nicht zu Hause. Die Schwester trat ihm weinend entgegen: »Flieh, mein Bruder«, sprach sie, »sonst bist du verloren, wie ich und deine beiden Brüder. Sieh! Welch ein trauriges Los mich getroffen hat. Unsere Brüder hängen im Rauchfang, und ich muß täglich Feuer machen und sie dörren helfen.«
»Mein Schwert wird euch befreien«, tröstete Eisen Laczi sie.
»Nein!« jammerte die Prinzessin, »Gewalt kann uns nicht befreien, die Frau des zwölfköpfigen Drachen ist eine Zauberin. Sie hat einen Spruch getan, daß wir für ewige

Zeit verloren sind, wenn jemand den zwölfköpfigen Drachen unseretwegen bekämpft. Du mußt uns dem Drachen abkaufen.«
»Das will ich gern tun«, erwiderte Eisen Laczi.
Da fuhr der zwölfköpfige Drache mit seiner Frau in voller Herrlichkeit in das Schloß ein. Als er vom Wagen stieg, redete ihn Eisen Laczi an: »Herr! Verkaufe mir die beiden Prinzen und das Mädchen mit dem Sternenkleid.«
Die Frau des Drachen antwortete: »Du bist Eisen Laczi, gib uns das rostige Schwert, so an deiner Seite hängt, und das Hemd, das du trägst, und du sollst bekommen, was du begehrst.«
Eisen Laczi erwiderte: »Ihr begehrt zwei Dinge von hohem Wert, aber für meine Geschwister ist mir nichts zu teuer.« Somit nahm er das Schwert von seiner Seite, zog das Hemd aus und gab beides dem zwölfköpfigen Drachen.
Kaum hatte dieser das Hemd übergeworfen und das Schwert gezückt, als er hohnlachend ausrief: »Du Tor, wie hast du dein Bestes verschleudern können, nun mußt du sterben.«
»Wenn es sein muß«, erwiderte Eisen Laczi, »so erlaube mir zuvor, von meinem Pferd Abschied zu nehmen.« Der zwölfköpfige Drache gewährte seine Bitte.
Als Eisen Laczi im Stall bei seinem Pferd stand, sagte er kläglich: »Weißt du, was geschehen ist?«
»Ja«, sprach das Pferd. »Der Drache hat unklug getan, nicht mich als Preis zu verlangen, denn dann wärst du verloren, jetzt kann ich dir noch helfen. Begehre vom Drachen, daß er dich, wenn du getötet bist, auf mich binde, für das übrige laß dann mich sorgen.«
Eisen Laczi ging zurück und bat: »Zwölfköpfiger Drache! Da ich nun sterben muß, so bitte ich dich, binde mich, wenn ich tot bin, auf mein Roß und laß es laufen.«
»Den Gefallen kann ich dir erweisen«, sagte der Drache

drauf und zerschnitt Eisen Laczi in viele kleine Stücke, vielleicht in hundert, wickelte sie in ein Tuch und band das Tuch auf das Roß. Dieses aber lief, als ob es der Sturm davontrüge.

Der Schlangenkönig vernahm ein Sausen von fernher. Er sagte zu seiner Tochter: »Dem Eisen Laczi ist gewiß Unglück widerfahren, denn der Tátos naht in Zorn.«

Vor dem Tor ließ nun der Schlangenkönig ein hohes Feuer auflodern. Der Tátos sprengte wütend heran und verschlang die Flamme; dies kühlte ihn etwas ab, und er blieb im Hof stehen. »Hier bring ich meinen zerhackten Herrn.« Dies war alles, was er sagte.

Der Schlangenkönig legte die einzelnen Teile sorgfältig wieder zusammen und sandte alle Schlangen aus um heilbringende Kräuter. Als die Schlangen zurückgekommen waren, kochte er die Kräuter und wusch Eisen Laczi damit, und dieser erwachte auf der Stelle und war siebenmal schöner, als er ehedem gewesen. Weil aber in der Schnelle des Laufes aus dem Bündel die rechte Schulter herausgefallen war, verfertigte ihm der Schlangenkönig eine andere aus Gold und Elfenbein.

Eisen Laczi zog nun wieder aus, die Schwester und die Brüder zu retten. Als er nahe beim Schloß des zwölfköpfigen Drachen war, verwandelte er sich in ein Roß und lief in den Schloßhof. Die Frau des zwölfköpfigen Drachen merkte wohl, daß hier ein Zauber walte, daß aber das Roß Eisen Laczi sei, wußte sie nicht. Sie rief den zwölfköpfigen Drachen und begann: »Ich muß sterben, wenn ich nicht sogleich die Leber dieses Pferdes essen kann.«

Der Drache winkte, und sogleich wurde das Roß gefangen, um getötet zu werden. Die Prinzessin mit dem Sternenkleid ging eben vorüber. Sie jammerte: »Du dauerst mich, schönes Roß! Es ist jammerschade, daß man dich tötet.«

»Wenn du wirklich Mitleid fühlst«, flüsterte das Roß, »so

nimm die Erde, auf welche die ersten zwei Blutstropfen fallen, wenn man mich tötet, und wirf sie in den Garten des Drachen.«

Die Prinzessin tat, wie sie gebeten wurde, und am nächsten Morgen stand ein Baum da mit goldenen Äpfeln.

Die Frau des zwölfköpfigen Drachen rief ihren Mann und begann: »Ich muß sterben, wenn mein Frühstück nicht bei dieses Baumes Holz gekocht wird.«

Der Drache winkte, und seine Diener traten herbei, den Baum zu fällen. Die Prinzessin mit dem Sternenkleid ging eben vorüber und jammerte: »Du dauerst mich, schöner Baum, es ist jammerschade, daß du ausgehauen wirst.«

»Wenn du wirklich Mitleid fühlst«, lispelten die Blätter, »so nimm die ersten zwei Späne, die beim Fällen wegfallen, und wirf sie in den Teich des Drachen.«

Die Prinzessin tat, wie sie gebeten wurde, und am nächsten Morgen schwamm ein wunderschönes Goldfischlein im Teich.

Die Frau des zwölfköpfigen Drachen rief ihren Mann und begann: »Ich muß sterben, wenn ich das Goldfischlein nicht bei mir im Zimmer habe.«

Der Drache wollte ihrem Willen gern willfahren, es gab aber kein Mittel, das Fischlein zu fangen. Weil er nun ein sehr guter Schwimmer war, beschloß er, selbst in das Wasser zu gehen. Er legte das rostige Schwert ab, damit es ihm beim Schwimmen nicht hinderlich sei, zog das schmutzige Hemd aus, weil es nicht naß werden durfte, und sprang in die Fluten. Alsbald aber warf sich das Fischlein ans Land, schüttelte sich, und Eisen Laczi stand da. Er zog schnell das Hemd an und das Schwert aus. Wie die Frau des zwölfköpfigen Drachen dies sah, schwang sie sich auf einen Besenstiel und flog davon.

Dem Drachen fiel ein, daß Eisen Laczi wieder ganz geworden sei, als man ihn auf sein Roß band, er bat also: »Wenn du mich tötest, so binde mich auf mein Roß.«

Eisen Laczi hieb ihm mit einem Streich alle zwölf Köpfe ab und band sie und den Rumpf auf das Roß des Drachen. Dies lief fort, ist aber nicht wieder zurückgekommen.
Eisen Laczi nahm nun seine beiden Brüder aus dem Rauchfang, wo sie schon ganz dürr und schwarz geworden waren, und führte sie zum Schlangenkönig, damit er sie heile. Auch seine Schwester, die Prinzessin mit dem Sternenkleid, ging mit. Als sie zum Schlangenkönig kamen, saß ein wunderschönes Fräulein an seiner Seite. Sie hatte einen Stern auf ihrer Stirn. Der Schlangenkönig sprach: »Dies ist meine Tochter, die du aus den Flammen gerettet hast, ich gebe sie dir zur Frau.« Sie hielten eine große Hochzeit. Die beiden Brüder, als sie wieder weiß und fett geworden waren, gingen mit der Schwester zum Vater zurück. Eisen Laczi aber und seine Frau lebten sehr vergnügt und leben noch, wenn sie nicht gestorben sind.

Das kleine Zauberpferd

Es war einmal ein armer Mann, der hatte zwölf Söhne, und weil er sie zu Hause nicht alle ernähren konnte, schickte er sie in die große Welt hinaus, sie sollten sich selbst ihr Brot verdienen und das Glück versuchen. Zwölf Tage und Nächte ging die Herde Brüder quer über Berg und Tal, bis zuletzt ein reicher König sie zu Reitknechten annahm und jedem dreihundert Gulden Jahreslohn versprach. Nun war unter den Pferden des Königs ein sehr mageres, häßliches kleines Pferd, das plagten und quälten die elf ältern Brüder fortwährend, weil es so häßlich war, aber der Jüngste sorgte besser dafür als jene; er suchte alle Brotrinden und Überbleibsel zusammen für das kränkliche Pferdchen, deswegen verspotteten ihn denn auch seine Brüder oft, ja zuletzt verachteten sie ihn ganz, als wäre er närrisch. Aber er ließ sich den Spott ganz ruhig gefallen und die Verhöhnungen, ebenso ruhig wie das Pferdchen die Quälereien.

Als nun das Jahr zu Ende kam, erhielten die Jünglinge alle ihren Lohn, und zur Belohnung wurde jedem freigestellt, sich von den Pferden des Königs eins auszusuchen. Die elf ältern Brüder suchten sich von den schönen Pferden die schönsten aus, aber der Kleinste verlangte für sich nur das arme verkrüppelte Pferdchen. Seine Brüder suchten es ihm auszureden, aber vergebens; er wollte kein anderes. Jetzt verriet dem Jüngling das kleine Pferd, daß es ein Zauberpferd sei und daß es sich, wenn man es wünschte, in das schönste Streitroß verwandeln und den Reiter so schnell wie der Blitz davontragen könnte.

Nun machten sich die zwölf Brüder auf den Heimweg; stolz sprengten und galoppierten die prächtigen Rosse mit den elf älteren dahin, während der jüngste sein eigenes Pferd hinter sich am Halfterband nachschleppte. Als sie nun an eine Pfütze kamen, blieb das schlechte Pferdchen darin stecken, und die andern Brüder, welche schon voraus waren, kehrten voll Ärger wieder um, ihrem kleinen Bruder aus dem Sumpf herauszuhelfen. Nach einem Weilchen sank der Jüngste wieder in einen Sumpf, und wieder zogen ihn die andern fluchend heraus. Aber als er das dritte Mal einsank, hörten sie nicht mehr auf sein Rufen.
»Laß sie gehn«, sagte da das Zauberpferd und fragte ihn: »Sind sie schon weit?«
»Ja«, antwortete der Jüngling.
Eine Weile darauf fragte das Zauberpferd wieder: »Kann man sie noch sehen?«
»Wie schwarze Punkte fliegen sie ganz in der Ferne«, antwortete sein Herr.
»Kann man sie jetzt noch sehn?« fragte das Pferd, nachdem wieder einige Zeit vergangen war.
»Nein«, war da die Antwort.
Jetzt sprang das Zauberpferd aus der Lache heraus, setzte schnell wie der Blitz den Jüngling auf seinen Rücken und flog dahin, so daß es die andern weit hinter sich ließ. Zu Hause angekommen, verwandelte sich das Zauberpferd wieder in die häßliche Mähre, die es vorher gewesen war, und ging auf den Misthaufen, um zu weiden. Der Jüngling aber streckte sich unbemerkt hinter dem Ofen.
Als die andern angelangt waren, zeigten sie ihrem Vater ihr Geld und ihre Pferde, und auf die Fragen nach dem Kleinsten antworteten sie, der hätte den Verstand verloren, hätte sich ein schlechtes, krüppeliges Pferd zur Belohnung ausgesucht, gerade so eins wie das, welches dort auf dem Misthaufen weidete, und wäre nun mit dem Pferde in einer Lache unterwegs steckengeblieben und dort wohl auch

gestorben. »Das ist nicht wahr«, sagte da der Jüngste vom Ofen her und kam herunter, zum Erstaunen aller.
Nachdem sich die Jünglinge nun ein paar Tage bei ihrem Vater aufgehalten, machten sie sich wieder auf den Weg und zogen aus, sich eine Frau zu suchen. So reisten sie schon durch sieben Länder und sieben Dörfer, aber nirgends fanden sie zwölf Mädchen, die ihnen gefallen hätten; zuletzt, als der Tag sich schon zur Dämmerung neigte, sahen sie eine Hexe, welche mit zwölf Stuten pflügte. Die fragte sie, was sie suchten, und als sie den Zweck ihrer Reise vernommen hatte, erbot sie sich, ihnen zwölf Mädchen zu zeigen. Die Jünglinge gingen darauf ein, und die Hexe führte die Jünglinge in ihr Haus, nachdem sie die zwölf Stuten heimgetrieben, und zeigte ihnen dann die Mädchen, welche sie aus den Stuten, die sie eben gesehen hatten, zu Mädchen entzaubert hatte. Am Abend legte sie zu jedem Jüngling ein Mädchen, die älteste zum ältesten und so nach der Reihe, dem jüngsten gab sie das jüngste und anmutigste goldhaarige Mädchen.
Diese entdeckte nun dem Jüngling, daß ihre Mutter die elf älteren Brüder ermorden wollte; um sie nun zu retten, stand der Jüngste, sobald alle fest schliefen, vom Bett auf und legte alle seine Brüder an die Wand, an ihre Stelle aber die Mädchen an den Rand des Bettes, und dann legte er sich selbst wieder an seine frühere Stelle.
Kurze Zeit nachher kam die Hexe und hieb mit einem großen Schwert den elf am Rand Liegenden den Kopf ab, dann ging sie wieder schlafen. Jetzt stand der Jüngling wieder auf, weckte seine Brüder und erzählte ihnen, wie er sie gerettet hatte, und forderte sie auf zur Abreise. Sie eilten darum weg, ihr jüngster Bruder aber blieb bis zum Tagesanbruch.
Sobald der Morgen graute und er merkte, daß die Hexe sich näherte und die Betten untersuchen wollte, erhob er sich und setzte sich mit seinem goldhaarigen Mädchen auf

sein Zauberpferd. Wie die alte Hexe den Betrug merkte, griff sie nach ihrer Ofengabel, verwandelte sie in ein Zauberpferd und jagte hinter ihnen drein. Als sie sie schon beinahe erreicht hatte, gab das kleine Zauberpferd dem Jüngling einen Striegel, eine Bürste und einen Frieslappen, davon sollte er zuerst den Striegel hinter sich werfen, und wenn das nicht mehr helfe, die Bürste und in der letzten Not auch den Frieslappen. Da warf er den Striegel hinter sich, und sogleich entstand ein so finsterer Wald zwischen ihnen wie die Zähne des Striegels; während die Hexe sich mitten durch diesen durchgearbeitet hatte, war das verfolgte Paar schon weit voraus.

Als sie nun das zweite Mal an sie herankam, warf der Jüngling die Bürste hin, und aus deren Borsten wuchs ein ebenso finsterer Wald zwischen ihnen in die Höhe. Mit großer Mühe zwängte sich die Hexe auch durch diesen quer durch.

Jetzt drohte ihre Nähe wieder, da warf der Jüngling den Frieslappen von sich, und ein so dichter Wald entstand zwischen ihnen und der Hexe, daß es aussah, als wäre das ganze nur ein Baum. Da aber verwandelte sich die Hexe, weil sie hier ungeachtet aller ihrer Anstrengungen nicht durchzudringen imstande war, in eine Taube, um darüber wegzufliegen; aber kaum bemerkte dies das Zauberpferd, als es plötzlich in Gestalt eines Geiers auf die Taube losstürzte und sie mit ihren Fängen zerriß, und so rettete es den Jüngling und das schöne goldhaarige Mädchen vor der Wut der abscheulichen Hexe. Während nun die elf ältern Brüder von neuem gingen, sich Frauen zu suchen, nahm der jüngste sein schönes goldhaariges Mädchen zur Frau und lebte heiter und ohne Sorgen mit ihr, und wenn sie nicht gestorben sind, heute noch.

Vom weisen Peter

Es herrschte einmal in einem fernen Lande ein König, genannt Polibad. Dieser hatte seine liebe Gemahlin schon im dritten Jahr seiner Ehe verloren und lebte nun mit seinen zwei hoffnungsvollen Kindern, einem Prinzen namens Matyás, der achtzehn, und einer Prinzessin namens Katalin, welche fünfzehn Jahre alt war, in Ruh und Frieden. Er regierte sehr gerecht und weise und wurde darum von seinem Volk allgemein geliebt, von den auswärtigen Fürsten aber gefürchtet, denn seine Macht war groß, und seinem Heldenarm mochte nicht leicht ein anderer widerstehen. Seine Kinder waren nicht nur überaus schön, sondern auch so verständig, daß sein Geist in gleichem Maße auf beide fortzuerben schien und das Reich sich auch für die Zukunft alles Heil von ihnen versprechen konnte. Aber ebendieses war den Nachbarfürsten zuwider, es erweckte ihren Neid, und bald erhoben sich auch Schmeichler und Verleumder, die deren Eifersucht nur noch mehr reizten und sie sogar wider den guten König aufwiegelten. »Seht«, sprachen sie, »wie seine Macht sich immer höher hebt, um uns über kurz oder lang zu verschlingen. Sein noch unmündiges Söhnlein ist schon jetzt ein stolzer Löwe, der uns einst überwältigen wird, seine Tochter aber, der Ausbund aller weiblichen Schönheit, wird nur wählen dürfen, um den Mächtigsten aller Könige auf Erden zu ihren Füßen zu sehen. Immer weiter und weiter wird dieses Hauses Herrlichkeit sich verbreiten, unaufhaltsam seine Macht um sich greifen, und wir werden seine Sklaven werden. Besser ist es, wir verbinden uns jetzt zu einem gemeinsamen Zwecke, greifen ihn mit vereinten Kräften an, zerstören seinen Thron und berauben seine Kinder aller Fähigkeit, uns je zu schaden.« Diese Reden wirkten so mächtig auf die Gemüter der Fürsten, daß sie bald alle ihre Heere vereinigten, den König anzugreifen und vom Thron zu stoßen.

Diese Anschläge ließen für ihn wirklich um so mehr fürchten, da er bei all seiner Weisheit sich mittlerweile hatte verleiten lassen, sich mit der Witwe eines ferne verstorbenen Königs zu vermählen, welche einen Sohn hatte, dessen Vorteile zu begünstigen sie gleich vom ersten Tag ihrer neuen Ehe Matyás und Katalin im geheimen aufs hartnäkkigste haßte.

Die Feinde rückten heran, und der König sah sich genötigt, ihnen seine Macht entgegenzustellen. In den Tagen stand alles unter Waffen und er selbst im Begriffe, mit seinem ganzen Heer an die Grenze seines Reichs zu ziehen. Er nahm Abschied von seiner Gattin und empfahl seine zwei geliebten Kinder in ihren Schutz. Matyás wollte durchaus nicht zurückbleiben und beschwor seinen Vater, mit ihm ziehen zu dürfen, indem er sagte: »Oh, laß mich nicht daheim, teurer Vater, unter den schwachen Frauen, die nichts können als seufzen und weinen! Hast du mich denn gelehrt, Rosse zu bändigen und den Säbel zu schwingen, damit ich in ekler Untätigkeit verweichliche, während ich draußen auf dem Felde der Ehre mir Ruhm und Lorbeer erkämpfen könnte? Laß mich mit dir ziehen!«

Bei diesen Worten schmiegte er sich mit Heftigkeit an den König und hielt ihn so fest umfangen, daß dieser über die Kraft seiner Arme höchlich erstaunte.

»Siehe, mein Sohn«, entgegnete er ihm: »Du bist der einzige Erbe meiner Krone und darfst darum dein junges Leben nicht aufs Spiel setzen. Wann du einst größer und älter geworden sein wirst, dann magst du Größeres wagen, denn dann werden Vorsicht und Klugheit dich leiten. Nun aber bist du noch zu jung, um des Krieges Beschwerden zu ertragen.«

Der Prinz war hierüber so bestürzt, daß er in lautes Weinen ausbrach, sich seinem Vater zu Füßen warf und ihn aufs flehendste bat, ihn mit sich nehmen zu wollen. Nach einigem Nachsinnen willigte der König in seine Bitte und sagte: »Wohlan, dein Wunsch sei dir gewährt! Wähle dir selbst die tüchtigsten Waffenknechte und Pferde und folge mir in Gottes Namen.«

Am Hofe aber lebte ein alter Kutscher, der dem König schon dreißig Jahre gedient und nun zum Lohn seiner Treue nicht mehr als zwei Pferde, nämlich eine Stute und ihr Füllen, zu besorgen hatte, um in seinen alten Tagen gemächlicher leben zu können. So emsig er aber auch bisher seinen Geschäften obgelegen, so geschah es doch, daß die ihm anvertrauten zwei Pferde mit jedem Tage magerer und nun so elend geworden waren, daß man sie nicht länger in den Stallungen des Königs dulden wollte.

Da nach dem Befehl des Königs alle seine Stalleute und Pferde sich versammeln und zur Schau stellen mußten, wenn der Prinz Matyás sich seine Knappen und ein Leibroß wählen würde, erschien auch der alte Peter, so hieß der vormalige Kutscher des Königs, mit seiner Stute und deren Füllen im Vorhof der Burg. Mehrere seiner Dienstgenossen hatten ihm schon längst die Gnade des Königs geneidet, durch welche ihm die Last seiner Geschäfte erleichtert worden war, so daß, während jeder von ihnen sechs bis acht Pferde zu versorgen hatte, er bloß der Aufsicht über die Stute und ihr Füllen obliegen mußte. Nun aber hofften sie, der König werde beim Anblick der elenden Tiere ihm alle Gnade entziehen. Sie verlachten und verspotteten ihn und wollten seinen schlechten zwei Mähren nirgends einen Platz gönnen. Da erschien aber der Prinz mit seinem Vater und musterte die Stalleute und die Pferde nach der Reihe und fragte Mann für Mann, wie

lange er in des Königs Dienste stehe. Da kam er endlich auch zu Peter, der in gehöriger Entfernung von den andern mit seinen Pferden beiseite stand, betrachtete die Stute und das Füllen und fragte ihn, wie lange er diene.
Peter antwortete: »Dreißig volle Jahre.«
Der Prinz versetzte darauf ganz kurz: »Wohlan, so wirst du mein Knappe, und das Füllen hier sei mein Reitpferd.«
Der König erstaunte über diese Wahl seines Sohnes und äußerte manches Bedenken über die Schwäche des jungen Leibrosses und des viel zu alten Knappen. Der Prinz aber beharrte fest auf seiner Wahl und bezeugte vielmehr ein hohes Wohlgefallen, daß er sie getroffen habe. Peters Kameraden hingegen wurden ganz bleich vor Neid und Galle und verwünschten ihn mit den bittersten Vorwürfen und Schmähungen.
Als aber die Königin von der sonderbaren Wahl des Prinzen hörte, frohlockte sie im stillen, denn sie hoffte, er werde im Kriege auf seinem schlechten Leibpferde leicht seinen Untergang finden und seinem Stiefbruder Tamas den väterlichen Thron überlassen. Indessen verbarg sie diese ihre Gesinnung so gut sie konnte, bezeigte sich sehr liebreich gegen den Prinzen und gab ihm eine Büchse mit einer Salbe mit auf die Reise, indem sie sagte: »Nimm dieses Geschenk, mein süßer Sohn, als ein Pfand meiner innigen Mutterliebe. Wenn du dem Feind entgegenrückst, so bestreiche deine Arme mit dieser Salbe, und keine Macht auf Erden wird dich überwältigen können, aber zeige sie niemandem, denn wenn du auch nur einer Seele verrätst, daß du diese Wundersalbe besitzst, so wird sie dir nichts als Verderben bringen.«
Als nun alles zum Aufbruch bereit war, nahmen König und Prinz rührenden Abschied von den Ihrigen und zogen an der Spitze des Heeres dem Feind entgegen.
Sie ritten den ganzen Tag, ohne sich Rast zu gönnen; denn die Grenze des Reiches war noch viele Meilen weit ent-

fernt und der Andrang der Feinde so rasch, daß der König befürchtete, sein schönes, blühendes Land zum Schauplatze der Kriegesschrecknisse machen zu müssen, wenn er den Empörten nicht noch beizeiten begegnete.
Als es Abend wurde, fühlte sich Prinz Matyás etwas müde und fand daher für gut, mit Peter sehr langsamen Schrittes dem Zuge zu folgen, welches auch sein um ihn zärtlich besorgter Vater billigte. Beide ritten nun sehr bequem längs der Heerstraße, auf welcher der große Zug sich fortbewegte, auf einem Feldweg hin und wechselten mancherlei Gespräche. Da sagte Peter zu dem Prinzen: »Erlaube deinem Knechte, daß er frei und offen mit dir rede und dich vor den Gefahren warne, die dir bevorstehen.«
Der Prinz, der bereits manche kluge Äußerung seines Knappen den Tag über vernommen hatte, war über diese Worte sehr aufmerksam und hieß ihn weiterreden. Da fuhr Peter fort: »Mein teurer Prinz, dein junges Leben ist in Gefahr, wenn du Gebrauch von der verderblichen Salbe machst, die deine königliche Mutter dir mitgegeben.«
»Wie?« rief der Prinz höchlich erstaunt. »Du weißt von der Salbe? Wie kommst du zu diesem Geheimnis?«
»Ich weiß«, antwortete Peter, »daß deine Stiefmutter dich zu verderben sucht, um ihren Sohn Tamas einst auf deines Vaters Thron zu heben; auch weiß ich, daß sie mit einer bösen Zauberin im Bunde steht und sowohl die Salbe von ihr erhielt als auch noch künftig ihren Beistand in Anspruch nehmen wird, um dich, deine Schwester und deinen Vater zu verderben.«
Der Prinz erschrak und sagte: »Wie kannst du es wagen, von meiner königlichen Mutter so zu sprechen? Weißt du wohl, daß du mir mit deinem Kopf für die Wahrheit dieser Reden stehen mußt?«
Kaum hatte der Prinz diese Worte gesprochen, so wieherte die Stute, worauf Peter saß, leise, aber sehr vernehmbar:

Ja, ja, mein edler Königssohn,
Was Peter sagt, ist wahr;
Und folgst du seinem Rate nicht,
So kommst du in Gefahr.

Da erstaunte der Prinz noch mehr, denn noch nie hatte er eine Stute reden hören; ehe er aber noch über dieses Wunder nachzusinnen anfing, wieherte sein Füllen in demselben Tone und sagte:

Wahrheit kommt aus Peters Munde,
Wahr ist alles, was er spricht;
Folgst du seinem Rate nicht,
Gehen wir zugrunde.

Als der Prinz auch dieses gehört hatte, zweifelte er nicht länger an der Wahrheit dessen, was Peter ihm geraten. Jener aber sagte noch ferner: »Du siehst, mein edler Prinz, daß sogar die Tiere an deinem Schicksal Anteil nehmen; genügt dir aber alles dies noch nicht, so stehe ich dir mit meinem Leben für die Wahrheit meiner Worte. Da du aber, wie es einem Prinzen geziemt, nicht leichtgläubig sein, sondern dich von der Untrüglichkeit meiner Rede selbst überzeugen sollst, so lasse es noch heute auf eine Probe ankommen, und du wirst erfahren, ob meine Warnung begründet sei.«
Unter solchen Gesprächen verging ihnen der Abend, die Nacht brach an, und sie kamen mit dem Heer an einen Wald, wo sie übernachten sollten und wo man schon früher für den König, den Prinzen und die obersten Feldherrn des Heeres Zelte aufgeschlagen hatte.
Der König begab sich bald zur Ruhe, Prinz Matyás und sein kluger Knappe blieben wach und besprachen sich zusammen über die Mittel, sich von dem verderblichen Anschlag der Königin zu überzeugen. Da sagte Peter zu dem Prinzen: »Laß uns noch zur Stunde einen der rüstigsten

Männer von deines Vaters Heere berufen, um die Wirkung deiner Wundersalbe an ihm zu versuchen.«

Der Prinz ließ es geschehen, und alsbald wurde ihm ein Reiter vorgeführt, dessen riesenhafte Gestalt ihn in Verwunderung setzte. Der Prinz fragte ihn, ob er auch wirklich so stark sei, wie er seinem Äußern nach zu sein schien.

»Oh«, antwortete der Reiter, »einen wilden Büffel im schnellsten Laufe am Schweife anzuhalten und ihn mit einer Hand zu Boden zu werfen, daß er sich dreimal im Falle überschlägt, einen mit zehntausend Pfunden Heu belasteten Wagen mit einem Finger über den steilsten Berg hinaufzuziehen oder den Stamm einer dreißigjährigen Eiche mit meinem Säbel auf einen Streich entzweizuhauen, alles dies ist mir ein leichtes Spiel.«

»Wohlan!« sagte Peter, »wir wollen sehen, ob du hier im Angesichte des Prinzen noch viel Leichteres vollbringen kannst.« Er winkte, dieser hieß ihn sich vor seinen Augen auskleiden, und nachdem dies geschehen war, zog er seine Büchse hervor, gab sie dem Reiter und befahl ihm, sich beide Arme mit der Salbe zu bestreichen.

Der Reiter machte zwar sehr große Augen, tat aber genau, was der Sohn seines Königs ihm befohlen. Nachdem er sich die Salbe eingerieben hatte, trat Peter vor das Zelt hinaus, riß seiner Stute ein Haar aus dem Schweif und gab es dem Reiter mit den Worten: »Wenn du imstande bist, dieses Haar entzweizureißen, so will ich deinen Händen eine Kraft zutrauen, gegen welche auch sogar Höllenkünste nichts vermögen.«

Der Reiter erstaunte und schien diese Rede des Knappen für Spott zu halten; da er aber sah, daß auch der Prinz diesen seltsamen Beweis seiner Kraft von ihm heischte, verbarg er seine Empfindlichkeit und schickte sich an, das Pferdehaar zu zerreißen.

Aber wie sehr erschrak er, als er Hände und Arme regen und das ihm so kindisch leicht scheinende Spiel vollbringen wollte. »Hölle und Teufel!« rief er aus. »Was ist mir geschehen? Ist es doch, als hingen tausend Bleigewichte an meinen Händen und als wären meine Arme mir fest an Hüfte und Lenden angeschmiedet. Hat mich der Schlag gerührt? Alle meine Kraft ist dahin, ich fühle kein Blut in meinen Adern, und meine Gelenke sind gelähmt, daß ich zu Boden sinken möchte.« Bei diesen Worten regte er seine Beine mit großer Anstrengung hin und her, die Arme aber hingen ihm starr wie zwei Holzblöcke herab, und er wurde immer blasser im Gesicht, als wollte er vor Ohnmacht vergehen. Des Prinzen Augen aber hingen unbeweglich an dieser Erscheinung, und er sah deutlich genug, wie verderblich die Wirkung der Salbe war, welche seine Mutter ihm als Pfand ihrer Zärtlichkeit mitgegeben hatte. Als er von seinem Staunen sich etwas erholt hatte, beschwor er seinen Knappen, dem armen Gelähmten so schnell wie möglich wieder seine vorige Kraft zu geben. Peter nahm sogleich seine Feldflasche und setzte sie dem Ohnmächtigen an den Mund, da dieser sie auf keine Weise hätte anfassen können, und hieß ihn trinken. Der Reiter tat einen Zug und fühlte sich alsbald so wohltätig von Peters Wein durchwärmt, daß er seine Hände und Arme wieder zu regen anfing und allmählich seine vorige Gelenkigkeit und Kraft wieder erhielt. Als der Prinz dieses sah, war er hocherfreut, schenkte dem Reiter hundert Goldstücke, befahl ihm aber, niemandem auch nur ein Wort von dem zu sagen, was er eben erfahren hatte. Dieser dankte dem Prinzen und ging voll Zufriedenheit aus dem Zelt.

Indessen war schon Mitternacht vorüber, und Peter riet dem Prinzen, daß er sich zur Ruhe begebe, da sie früh am Morgen wieder aufbrechen müßten und noch mancher Beschwernis zu begegnen hätten. Nachdem sie noch manches über die schädliche Salbe und die Absicht der bösen Königin gesprochen hatten, schliefen sie allmählich ein, der Prinz auf einem Feldbett, sein treuer Knappe aber zu seinen Füßen auf dürrer Streu.

Frühmorgens standen sie wieder auf, der Prinz brachte dem König seinen Morgengruß, und dieser küßte ihn zärtlich und freute sich, daß er den ersten Tag des Marsches glücklich überstanden und während der Nacht Kraft und Lust genug geschöpft habe, dem Heerzug noch weiter zu folgen. Bald ließ der König zum Aufbruch blasen, das Heer setzte sich in Bewegung, und nun ging es wie am ersten Tag rastlos fort, bis die Nacht wieder einbrach. Ebenso zogen sie auch den dritten und die folgenden Tage fort, bis sie sich der Grenze des Reiches genähert hatten, wo sie ein großes Feldlager aufschlugen, wo der König Kriegsrat hielt und jedem seiner Feldherrn auf den nächsten Morgen Befehl erteilte. Der Prinz war die ganze Zeit über munter und froh und befand sich meistens an seines Vaters Seite; doch verriet er ihm nichts von alledem, was er mit seinem Knappen und jenem Reiter erfahren hatte.

Als sie endlich an die Grenze des Reiches gekommen waren und ihr Lager aufgeschlagen hatten, um in demselben von den Strapazen des langen Marsches auszuruhen und zu dem bevorstehenden Angriff Kraft zu sammeln, geschah es, daß Prinz Matyás sich mehr als jemals müde fühlte und sich vor seinem Zelt im Schatten einer Eiche niederlegte. Der Tag war sehr schwül, darum beschlich ihn auch sehr bald ein süßer Schlaf. Die Stute und ihr Füllen weideten indessen in der Nähe des Zeltes, und der alte Peter saß im Gras und putzte die Waffen seines jungen Gebieters.

Da erschien dem Prinzen ein sonderbares Traumbild. Es war ihm, als sähe er einen ehrwürdigen Greis mit schneeweißen Haaren ihm entgegenkommen, der in jeder Hand einen blanken Säbel trug, sich tief vor ihm verbeugte und die Waffen hart vor ihm in die Erde vergrub; als er aber dies vollbracht hatte, wieder aufstand und verschwand. In demselben Augenblick aber erhob eine Elster auf der Eiche, unter welcher der Prinz lag, ein so lautes Geschrei, daß dieser darüber erwachte. Kaum hatte er sich den Schlaf aus den Augen gerieben, so rief er seinen Knappen zu sich hin und erzählte ihm, was er im Traume gesehen. Peter wunderte sich und sagte mit sehr ernsthafter Miene: »Mein edler Prinz, das Schicksal hat dich zu seinem Günstling ausersehen, und darum scheint auch dieser Traum nicht bedeutungslos zu sein. Er scheint mir vielmehr ein Wink zu deinem Glück zu sein; laß uns ihm folgen und auf der Stelle nachsehen, wo der wunderbare Greis die beiden Säbel vergraben hat.«

Der Prinz bezeugte ihm seinen Beifall, und Peter holte sogleich Schaufel und Hacke aus dem Lager und stellte sich an, nachzugraben, wo jener mit dem Finger hingedeutet hatte. Ehe er noch die Erde einige Spannen hoch aufgewühlt, blinkten ihm schon zwei blanke Säbel entgegen. Froh erstaunten beide bei diesem Anblick, noch mehr aber, als der Knappe sie dem Prinzen in die Hände gab und sie auf jedem derselben die Worte lasen: *Er siegt.* Sie nahmen die Säbel an sich, und der Prinz war großmütig genug, einen davon Petern zu geben. Der Alte dankte, riet ihm aber, auch von dieser ihrer neuen Entdeckung niemandem, auch dem König nicht, ein Wort zu sagen, welches der Prinz genau befolgte.

Tags darauf ordnete König Polibad das Heer, ließ zum Angriff blasen und eilte rasch und mutig dem Feind entgegen über die Grenze. Die Schlacht begann, und das Glück war anfangs so sehr auf des Königs Seite, daß er die Empörten mehrere Meilen Weges zurückdrängte, und da er stets zu siegen gewohnt war, auch diesmal das Feld behaupten zu können glaubte. Aber unversehens wandten sich die Fliehenden, stürmten mit vereinter Macht auf dessen Heer ein und umzingelten es so schnell, daß ihm mit einemmal alle Kunst und Kraft zu versagen schien, seiner gänzlichen

Niederlage zu entgehen. Schon drangen sie wütend durch die Reihen und machten sich Bahn, selbst den König, der auf einem Hügel mit seinem Sohn und mehreren Feldherrn das Treffen befehligte, gefangenzunehmen oder zu ermorden. Aber siehe, als eben die Gefahr aufs höchste gestiegen, ja, als alles umher beinahe schon verloren schien, sprengte Prinz Matyás mit seinem Füllen wie ein Gewitterstrahl aus der Mitte der Bedrängten hervor, schwang seinen Säbel und rief mit lauter und wilder Stimme: »Mir nach, wer siegen will!« Sogleich flog ihm auch der alte Peter auf seiner Stute nach, und beider Säbel blitzten durchs Gewühl der Feinde, daß man sie unter Tausenden erkennen konnte; ihnen folgte König Polibad selbst mit allen, die ihn umgaben, und in wenig Augenblicken sah man die Feinde in größter Eile fliehen. Aber unablässig verfolgte sie der Prinz mit seinem Knappen, ermunterte das Heer, ihnen nachzusetzen, und ehe zwei Stunden vorüber waren, war der Sieg entschieden. Die Menge der feindlichen Leichen war so groß, daß weder des Königs Truppen noch die Besiegten sich mehr bewegen konnten und letztere sich genötigt sahen, laut um Schonung und Frieden zu bitten.

Beide Heere zogen sich langsam zurück in ihre Lager. Der König, überaus erstaunt über die wunderbare Tapferkeit seines Sohnes, drückte ihn mit höchster Inbrunst an sein Herz und benetzte ihn mit Freudentränen. Alle Feldherrn huldigten ihm als dem größten Helden, den sie je gesehen, und ein allgemeines Jubelfest im königlichen Lager krönte den Triumph des jungen Siegers. Peter aber, der alte Knappe, erhielt hunderttausend Goldstücke zur Belohnung und wurde auf der Stelle zum Feldherrn erhoben. Er dankte dem König auf den Knien und erbat sich die Gnade, auch in Zukunft den Prinzen stets und überall begleiten zu dürfen.

Noch denselben Tag kamen die Gesandten der besiegten

Fürsten und baten um Frieden, welchen König Polibad ihnen großmütig gewährte; am folgenden Tag aber erschien der mächtigste von den Königen, welcher sich wider ihn empört hatte, samt seiner blühenden Tochter Margit, seinem zwanzigjährigen Sohne Miklos und einem zahlreichen Gefolge im Lager und huldigte dem Sieger und bat um Gnade. Der König erstaunte über seines Gegners Unterwürfigkeit, noch mehr aber über die ausgezeichnete Schönheit von dessen Tochter, denn diese stand Katalinen, der seinigen, so wenig nach, daß nichts als seine Vaterliebe ihn hätte bestimmen können, der letztern den Vorzug zu geben. Auch der Prinz wurde sowohl von diesem König als auch von dessen Angehörigen und Gefolge als Sieger begrüßt. Aber er schien von all der schmeichelhaften Huldigung sehr wenig zu bemerken, denn seit der schönen Margit nur sein erster Blick begegnet war, stand er wie bezaubert da, wandte kein Auge mehr von ihr ab, und sein ganzes Wesen atmete Entzücken und Sehnsucht, sie die Seinige zu nennen. Sein Vater bemerkte dies mit innigem Wohlgefallen, bezeigte sich gegen seine Gäste sehr freundlich und zuvorkommend und lud sie zur Tafel.

Während des Gastmahls entglomm in beider jungen Herzen der Funke der Gegenliebe immer lebhafter, und während die beiden Könige voll Vertraulichkeit zusammen sprachen, sah man den Prinzen mit einemmal seinen Becher erheben und ihn auf das Wohl der schönen Prinzessin leeren. Als sein Vater dies bemerkte, hob er freudig den seinigen empor und sagte zu seinem Gast: »Laßt uns die zarte Liebe unsrer teuern Kinder segnen, uns selbst innige Freunde sein und bleiben und durch das Band der Verschwägerung unserer beider Staaten Glück und Heil befestigen.«

Margits Vater fühlte sich überschwenglich glücklich, beide Könige umarmten sich, und ihre liebenden Kinder folgten ohne alle Ermahnung ihrem Beispiele. Gleich nach dem

Gastmahl erklärten sich beide Könige noch deutlicher gegeneinander; der Prinz Matyás sollte den nächsten Tag mit der Prinzessin Margit vermählt und die schöne Katalin, Matyás' Schwester, bei derselben Feierlichkeit dem Prinzen Miklos versprochen werden. Dieses geschah auch wirklich zur Freude beider Kriegsheere. Das Fest wurde aufs herrlichste begangen, und am Abend darauf lag bereits das holde Brautpaar sich liebevoll und überselig in den Armen. Nun wurden alsbald Eilboten aus dem Lager abgesendet, um der Königin daheim die frohe Nachricht zu verkünden. Kurz darauf wurde das Lager aufgehoben. Der König, an der Spitze seines Heeres, trat im Geleite seines Bundesgenossen und der beiden Kinder desselben seinen Rückzug an, und überall scholl ihm lauter Jubel und Segensruf entgegen.

Indessen hatte aber die Königin längst gehofft, das verderbliche Geschenk, das sie ihrem Stiefsohn gegeben, werde seine Bestimmung nicht verfehlen und den armen Prinzen zugrunde richten. Gierig erwartete sie von Woche zu Woche Nachricht von des Jünglings Tode und sah schon im Geiste alle die glänzenden Vorteile voraus, welche dadurch ihrem Söhnlein zuteil werden sollten. Als sie aber ihren Anschlag so unvermutet vereitelt sah, von dem wunderbaren Sieg des Prinzen, von dessen bereits vollzogener Vermählung und der baldigen Ankunft desselben hörte, da war ihr, als stürze der Himmel über ihr zusammen. Sie sprühte Gift und Galle und verwünschte ihre Leichtgläubigkeit, womit sie sich so eitler Hoffnung hingegeben. Kaum hatte sie sich etwas gesammelt, eilte sie wieder zu der bösen Zauberin und machte ihr die bittersten Vorwürfe über die Unwirksamkeit jener Salbe, die sie ihr für schweres Geld gegeben.

Diese geriet in Angst, da ihr nicht wenig an der Gunst der Königin gelegen war. Um die Hocherzürnte wieder zu besänftigen, versprach sie ihr, das höchste Wunder ihrer Teufelskunst anwenden zu wollen, um den Prinzen unfehlbar zu verderben. »Wenn hier der Prinzessin Katalin Beilager gehalten wird«, sagte sie, »will ich mich selbst in eine giftige Wespe verwandeln, und in dem Augenblick, wenn Prinz Matyás auf die Gesundheit der Neuvermählten wird trinken wollen, mich auf seinen Becher niedersenken und seinen Wein vergiften, daß er alsbald tot vom Stuhl wird herabfallen müssen.«

Die Königin war es zufrieden und versprach ihr hunderttausend Goldstücke nach glücklich vollbrachter Tat. Also beruhigt, ging sie wieder auf die Burg zurück, ließ sich nichts von ihren Anschlägen merken und zeigte sich vielmehr vor jedermann höchlich froh über die Nachrichten von dem Prinzen und dessen bevorstehender Ankunft.

Der Tag der für das ganze Land höchst erfreulichen Rückkehr des Königs und des Prinzen rückte indessen immer näher heran, und bald verkündeten Herolde die Stunde ihrer Erscheinung auf der Burg. Da wimmelte die ganze Stadt von festlich geschmückten Mädchen und Knaben, die den zwei erhabenen Siegern Blumen streuten; überall erscholl Jubel und Freudengeschrei, und jung und alt drängte sich auf die Straße, um Zeuge des frohen Festes zu sein. Endlich kamen an der Spitze herrlich geschmückter Kriegerreihen und rings von ihren Feldherrn umgeben die beiden Könige mit ihren Kindern. Trommeln wirbelten und Trompeten schmetterten in die Segensrufe des Volkes, und Stadt und Burg erfüllte lautes Freudengetöne unzähliger Stimmen. Die Königin, welche mit ihrem Tamas und der Prinzessin Katalin den Kommenden auf eine Viertelmeile entgegengeritten war, überströmte ihren Gemahl und den Prinzen Matyás mit Küssen und geheuchelten Liebeszeichen und schloß sich dem festlichen Zuge an.

Als sie auf der Burg angekommen waren, wurde alsbald auf den nächsten Tag Anstalt zur feierlichen Vermählung der Prinzessin Katalin und einem herrlichen Gastmahle

getroffen, welchem noch mehrere Feste folgen sollten. Der Tag verging unter allgemeiner Lustbarkeit, und vor allen andern schien die schlaue Königin dabei sich an Jubel und Ausdrücken der Freude über die Verschwägerung ihrer beiden Stiefkinder zu erschöpfen.
Prinz Matyás aber ließ sich von all dem nicht beirren, denn er wußte nur zu wohl, was er von ihr zu halten hatte. Indessen zog er seinen alten Peter – über dessen Beförderung zum Feldherrn das Hofgesinde des Königs vor Staunen und Neid beinahe versteinert war – beiseite und fragte ihn um Rat, wie er sich ferner gegen seine Mutter zu benehmen hätte. Dieser antwortete ihm: »Dein ferneres Benehmen gegen sie soll dir nimmer viel Mühe kosten. Auf morgen hat sie dir den Tod zugedacht, allein sie wird ihn selbst finden.« Hierauf erzählte er ihm, was sie mit der Zauberin verabredet hatte, und bat ihn, sich bei der Tafel neben ihn setzen zu dürfen, damit er ihn desto sicherer beschützen könne. Der Prinz umarmte ihn vor Freude und versprach ihm, was er wünschte.
Der Prinz Miklos, der gleich beim ersten Anblick der wunderschönen Katalin in Verzückung geraten war, hatte mittlerweile Gelegenheit, dieselbe seiner innigen Liebe zu versichern und ihr zu beteuern, daß er sich für den glücklichsten aller Prinzen auf Erden schätze, ihr Gemahl werden zu können. Auch die schöne Prinzessin freute sich über die glückliche Wahl ihres teuern Vaters; denn Miklos war ein schöner und herzensguter Prinz, und seine erste Begegnung hatte ebenso wohltätig auf ihr Herz gewirkt, wie die ihrige auf das seine.
Tags darauf wurde beider Vermählung aufs feierlichste vollzogen; nachdem das königliche Brautpaar dem Volke vorgestellt worden war, ging es zur Tafel, wo alle Großen des Reiches und alle tapferen Feldherrn der beiden Könige zugegen waren. Da prangten die köstlichsten Gerichte und Getränke in goldenen Gefäßen; überall zeigte sich kö-

nigliche Pracht und Überfluß, überall Hoheit und Größe, und die frohe Laune der Gäste verherrlichte das Festmahl. Als es an die Neige des Schmauses kam, da gebot der König seinen Gästen, durch einen Wink, auf des schönen Brautpaars Gesundheit zu trinken. Der alte Peter, der, an des Prinzen Matyás Seite sitzend, eben getrunken hatte und sich mit der Serviette den Schnurrbart abwischte, sah plötzlich eine grüne Wespe heranfliegen, welche sich immer mehr dem Becher des Prinzen zu nähern schien. In dem Augenblicke aber, als sie sich auf den Rand desselben niederlassen wollte, traf er sie mit seinem Tischmesser so geschickt im Fluge, daß der Kopf derselben unbemerkt in den Becher der Königin hinüberflog, der Rumpf aber vor ihm niederfiel; er streifte ihn sogleich vom Tisch herab und zertrat ihn auf dem Boden. Dieses hatte niemand bemerkt, am wenigsten die Königin, welche, um ihren Anschlag zu verbergen, dem Prinzen eben allerlei Schönes sagte und die Reize seiner jungen Gattin rühmte.
Der Wink des Königs setzte alle Gäste in Bewegung; alles erhob sich von den Stühlen und trank mit Freude und lauten Glückswünschen auf das Heil des königlichen Brautpaars. Auch die Königin ergriff ihren Becher und trank mit gierigen Zügen, und zwar um so froher, da sie ihren Anschlag bereits durch die Zauberin ausgeführt und gleichsam auf den Triumph desselben zu trinken glaubte. Als aber eben das froheste Jubelgeschrei aus der Gäste Munde scholl, sank sie plötzlich zu aller Schrecken totenbleich von ihrem Stuhl herab, bewegte die Augen gräßlich und schnitt furchtbare Gesichter.
Sogleich sprangen die Ärzte des Königs herbei und taten ihr möglichstes, sie zu retten; allein bald erklärten sie einstimmig, daß alle Hilfe vergeblich sei und die Königin in zwei Stunden sterben müsse. Während die Gäste alle mit tiefer Bestürzung sie umstanden, kam sie auf kurze Zeit wieder zu sich und gestand ihre und der Zauberin miß-

lungenen Anschläge. Alles erstaunte und wandte sich mit Grausen von ihr hinweg; sie aber verfiel bald in Raserei und gab ihren Geist, unter den furchtbarsten Flüchen über sich selbst und gräßlicher Verzerrung ihres Gesichtes, auf. Der König Polibad war über diesen plötzlichen Vorfall höchst bestürzt, aber bald klärte Prinz Matyás ihm das ganze Rätsel auf. »Peter«, sprach er, »ist unser aller Retter, und ohne ihn würde ich mein Leben längst verloren haben.« Er erzählte ihm nun von jener verderblichen Salbe, von der Stute und dem Füllen, von dem Reiter, der sie auf sein Geheiß angewendet, von den zwei Schwertern und der giftigen Wespe, und Peter bestätigte des Prinzen Worte. Als der König dies gehört hatte, ernannte er ihn sogleich zum obersten Minister und pries dessen Weisheit im Angesicht seines ganzen Hofes. Die Zauberin wurde ergriffen und lebendig verbrannt, die zwei Pferde aber aßen und tranken von nun an nichts als Honiggebäck und Milch aus goldnen Gefäßen, und zwar sooft und soviel sie wollten.

Bald darauf nahm König Polibads Bundesgenosse freundlichen Abschied und begab sich mit seinem Sohn und dessen schöner Gattin Katalin in seine Staaten; Polibad aber blieb mit den Seinigen daheim, herrschte noch manches Jahr glücklich und erlebte nicht wenig hoffnungsvolle Enkel. Nachdem er aber gestorben war, setzte sich Prinz Matyás auf seinen Thron und regierte nicht nur als der mächtigste, sondern auch als der weiseste König seiner Zeit bis in sein hohes Alter; denn, obgleich Peter, in wenig Jahren nach seiner Beförderung zum Minister, gestorben war, so hatte er ihm doch eine Menge Weisheitsregeln hinterlassen, welche der Prinz treulich befolgte und wodurch er sein Volk in der Folge auch wirklich zum glücklichsten aller Völker machte.

Die beiden jüngsten Königskinder

Wo war's, wo war's nicht – ein hundert Jahr alter Unterrock hatte nur eine einzige Falte, die hatte ein Fältchen, und in der habe ich gelesen, daß einmal ein König war, der hatte sieben Söhne und sieben Töchter. Der König war in einem fort besorgt, wo er für seine Söhne Frauen und für seine Töchter Männer fände aus königlichem Blute. Zuletzt kam er auf den Gedanken, seinen sieben Söhnen seine sieben Töchter zu geben. Alle waren auch zufrieden mit dem Wunsch ihres Vaters, bis auf den jüngsten Sohn und das jüngste Mädchen. Weil diese aber durchaus nicht wollten, so sagte der Vater zu ihnen: »Ich gebe euch euer Erbteil, nun geht und heiratet, wo ihr das Glück findet.«

Die beiden Königskinder gingen und waren schon im fremden Lande, als sie in einer Waldung vom Dunkelwerden überfallen wurden. Zum Nachtlager wählten sie sich einen laubigen Baum, welcher mit seinen schattigen Ästen bis auf die Erde hing und so eine Art Dach bildete. Als sie am Morgen aufwachten, erzählte das Mädchen ihrem Bruder, wie sie geträumt hätte, nicht weit von ihnen wäre eine Stadt, wo ein König wohnte, der seit langer Zeit krank läge, und bis jetzt hätten tausend und abertausend Ärzte ihn nicht heilen können. Aber da hätte ein alter schlohweißer Mann ihr gesagt, der Baum, unter dem sie schliefe, enthielte ein Wasser, mit dem müßte man den König baden, dann würde es besser werden. Sie besahen darum den Baum, und aus einer Spalte rieselte wirklich ein kristallheller Saft. Davon sammelten sie einstweilen, soviel in ihren Reisetrinkbecher ging, und machten sich auf den Weg.

Sie kamen aus dem Wald heraus, und da stand auch die Stadt vor ihnen. Als sie darin angekommen waren, stiegen sie in der Herberge ab, und um zu erfahren, ob der Traum die Wahrheit gesagt hätte, fragten sie den Wirt, was es in der Stadt Merkwürdiges gäbe. Dieser kam auch wirklich während seines Gespräches auf die Krankheit des Königs und die vielen unglücklichen Heilungsversuche und daß er bei schwerer Strafe beauftragt wäre, jeden Arzt, der bei ihm einkehrte, anzumelden. »Ich bin auch ein Arzt«, sagte da der Königssohn, »und das ist mein Diener«, fuhr er weiter fort und zeigte dabei auf seine Schwester, welche sich in Mannskleider gesteckt hatte.
Der Wirt meldete sie daher an, und sie begaben sich an den Hof, um die Heilung des Königs zu versuchen. Des Königs Leib war wie eine große Wunde, und der Arzt wusch vorher nur seine Hand mit dem Baumsafte. Am andern Tag nahm er zu seiner Freude wahr, wie die benetzte Stelle augenscheinlich besser geworden war. In der nächsten Nacht eilte er darum zu Wagen mit einem großen Holzkübel zu dem Baum, um soviel Wasser zu holen, wie zu einem Bad nötig war. Nach einigen Bädern wurde der König auch wirklich wiederhergestellt, und der Arzt bekam eine bedeutende Belohnung.
Indessen hatte der Arzt dabei noch die Bitte, der König möchte ihn einmal in seiner Wohnung besuchen und ein Mahl bei ihm einnehmen. Der König ging sehr gern auf die Bitte ein, und der Jüngling empfing ihn mit großem Glanz in seinen zahlreichen, königlich ausgeschmückten Gemächern. Der König, da er nur den Arzt bemerkte, fragte nach seinem Gefährten, und in demselben Augenblicke trat aus dem Nebenzimmer ein bezaubernd schönes Mädchen, in welchem der König aber auf der Stelle den Diener des Arztes erkannte. Jetzt erzählten die Fremdlinge ihr Schicksal, und der König wurde immer freundlicher, besonders gegen den schönen Kameraden, der sein Herz und

seine Seele ganz gefangengenommen hatte, bis die Bekanntschaft kurz und gut mit einer Heirat schloß.
Der Königssohn aber vergaß das Ziel seiner Reise nicht, setzte nach der Feierlichkeit seinen Weg weiter fort und ruhte auch im nächsten Lande nicht, bis er auch da die Hauptstadt erreicht hatte. Schon hatte er auf seinem schönen Renner ihre Straßen betreten, als er über sich aus einem nahen Fenster eine Stimme hörte: »Hm! Auch du wirst ohne mich dein Glück nicht machen können!« und wie er hinsah, bemerkte er einen alten Mann, der dort herunterschaute. Als hätte er den Ruf nicht gehört, zog er fürbaß, und auf die eine und die andere Nachfrage in der Herberge sagte man ihm, wie ein Freier, der Mut hätte, in dieser Stadt zu recht großem Glück kommen könnte, aber auch zu sehr großem Unglück. Nämlich der König hatte eine Tochter, welche außer einer alten Amme noch niemand je gesehen hatte. Diese Tochter hatte drei Male, wer die angab, was und wo sie wären, der bekam das Mädchen. Wer aber das Ding wagte und das Rechte nicht traf, wurde auf einen Pfahl gespießt, und schon neunundneunzig hatte dies Los getroffen.
Als der Jüngling das hörte, fing es ihm an deutlich zu werden, was der Alte oben mit seinem Zuruf gemeint hatte. Er dachte, jener hätte wahrscheinlich in ihm auch so einen Glücksritter gesehen, und ein Gedanke durchblitzte seine Seele: Vielleicht, daß der Alte etwas von dem Geheimnis weiß, und es würde gut sein, seine Bekanntschaft zu machen. Ein Vorwand fand sich. Der Alte war ein Goldschmied, und der Königssohn hatte gerade auf der Reise ein Rädchen aus seinem goldenen Sporen verloren; er ging also hin zu dem Alten, und nachdem sie wegen des Spornrädchens einig geworden, fragte er nach jener Geschichte. Der Alte antwortete aber dasselbe, was der Herbergswirt gesagt hatte. Der Jüngling sagte nach einigem Nachdenken: »Das ginge wohl«, und fragte den Alten mit einem

vielversprechenden Blick, ob er ihm nicht helfen könnte, wenn er hinaufginge. »Für gutes Geld sehr leicht«, sagte der Goldschmied.

»Darum habe keine Sorge«, sagte der Jüngling, »sag nur wie, vorläufig soll auch dieser Beutel dein sein.«

Als der Alte die guten Aussichten wahrnahm, sagte er: »Ich will ein silbernes Pferd schmieden, in welchem deine Hoheit Platz hat, und es auf dem Markt ausstellen. Ich bin sicher, daß mir's kein andrer abkauft außer dem königlichen Hof, und wenn du nur einmal bei ihr drin bist, dann kannst du nach Belieben aus deinem Versteck heraus und herein, dann hast du gewonnenes Spiel.«

So geschah es; am nächsten Markttage war nahe am königlichen Palast wirklich ein prachtvolles silbernes Pferd ausgestellt. Bewunderer fand es genug, aber Käufer wegen des hohen Preises keinen, bis von dem königlichen Hof ein Mann danach fragte.

Ein paar Augenblicke nachher kam er wieder: Der König kaufte das Pferd und machte es seiner Tochter zum Geschenk. So war der Herzog nun auf einmal da, wo es sonst so sehr schwerhielt hinzukommen, und hörte drin mit Furcht und Freude die Silberstimme des schönen Mädchens, wie sie mit dem Pferd spielte, das man auf Rädern rollen konnte, und es ihr liebes Bläßchen nannte. Es wurde Abend, das geheimnisvolle schöne Mädchen legte sich zur Ruhe, alles um sie wurde allmählich still, und nur ihre alte Amme nickte nicht weit von ihrem Bette. Aber um Mitternacht war auch die fest eingeschlafen.

Jetzt, als er alles im tiefen Schlafe wußte, kroch der Herzog aus dem Pferd heraus, näherte sich selber mit angehaltenem Atem dem Bette, und sieh, auf der Stirn des Mädchens glänzte eine Sonne, auf der rechten Brust ein Mond, und drei Sterne auf ihrer linken. Diese drei geheimnisvollen Zeichen merkte sich der Königssohn und wandte sich wieder um zu seinem Versteck, da erwachte die Königstochter. Sie wollte schon schreien, als sie auf einen recht flehenden Blick des Jünglings schwieg, das Auge der Jungfrau blieb gebannt an dem zauberisch schönen Königssohn, der ihr jetzt erzählte, wie und warum er es gewagt hierherzukommen. Dem Mädchen war auch lange schon ihr Verschluß überdrüssig, daher berieten sie sich nun gemeinschaftlich über ihre Befreiung, dann ging er wieder in sein Versteck.

Nach ihrer Verabredung verwischte das Mädchen am nächsten Tag etwas am Ohr des Pferdes und schickte es zu seinem Verfertiger, um es ausbessern zu lassen, wo denn der Königssohn seinen gefährlichen Schlupfwinkel verließ. Jetzt beschenkte er den Goldschmied aufs neue und kehrte dann zu seinem neuen Schwager zurück, damit er mit prächtiger Ausrüstung und königlichem Pompe zurückkommen könne und auf Königsart sein Glück versuchen könne. Begleitet von zahlreichen Rittern, von denen einer immer schöner war als der andre, auf stolzen Rossen kehrte der Königssohn zurück und meldete sich beim König, wie daß er das Glück um seine Tochter versuchen wolle. Der Jüngling gefiel dem Fürsten sehr, und dieser bat ihn herzlich, sein Leben nicht aufs Spiel zu setzen; er aber blieb natürlich dabei und unterwarf sich den Bedingungen, worauf sie den Tag zur Auflösung des Rätsels festsetzten.

Das Volk drängte sich wie zu einem großen Fest an den Platz, wo die Geschichte vor sich gehen sollte, bedauerte den schönen Jüngling und beklagte sein Schicksal. Der König gewährte drei Tage für das Unternehmen und somit auch drei Auflösungsversuche. Den ersten und zweiten Tag, damit der Sieg desto vollkommener wäre, sagte der Königssohn andere Auflösungen; am dritten Tage aber, als gerade sein Leben ganz auf dem Spiel stand, nannte der Königssohn mit lauter Stimme die Zeichen. Der König bestätigte alles als wahr, worauf der Königssohn unter dem

Jubel der Menge und dem Schall der Pauken zu seiner künftigen Gemahlin geführt wurde. Jetzt gab der König der ganzen Stadt ein großes Hochzeitsfest, übergab seinem Eidam den Thron, und sie herrschten noch viele Jahre glücklich zusammen.

Die Blume des Glücks

Es war einmal ein altes Mütterlein, das mit ihrem einzigen Sohne in tiefer Armut lebte. Als die Mutter im Sterben lag, weinte sie über ihren Sohn und sprach: »Mein lieber Sohn, geh in die Welt und suche dein Glück; ich werde bald sterben, und dann hast du hier im Dorf niemanden, der für dich nur ein gutes Wort hätte, denn du bist armer Leute Kind! Wenn du mich aber begraben hast, so komme um Mitternacht zu meinem Grab und pflücke die Blume, die über mir wachsen wird, ab und achte auf sie wie auf dein Augenlicht, denn sie wird dir den Weg zu deinem Glück zeigen.«

Bald starb das Mütterlein, und der Sohn begrub es. Als es Mitternacht wurde, ging er hinaus auf den Friedhof und sah auf dem Grabe seiner Mutter eine wunderschöne blaue Blume blühen. Er pflückte sie ab und legte sie sorgsam in seine Tasche. Am nächsten Tag zog der Jüngling in die Welt und begegnete einem hinkenden Wolf, der ihn bat: »Lieber Mann, ziehe mir die Kugel aus dem Bein!« Der Jüngling tat es, und der Wolf sprach: »Ich kann dir vorläufig deine Güte nicht vergelten, aber zieh mir ein Haar aus, und wenn du einmal meiner Hilfe benötigst, so hauche das Haar an!«

Hierauf zog der Jüngling dem Wolf ein Haar aus, steckte es in die Tasche zur blauen Blume und zog weiter in die Welt. Er wanderte schon lange Zeit in der Welt herum und fand nirgends sein Glück. Da erinnerte er sich der Worte seiner sterbenden Mutter und nahm die blaue Blume aus der Tasche. Er legte sie mißmutig auf die Erde nieder und siehe!

da erhob sich die Blume in die Luft und sprach: »Komm und folge mir! Niemand sieht mich, nur du allein kannst mich sehen, darum folge mir getrost nach, ich will dich zu deinem Glück führen!«

Die Blume schwebte nun vor dem Jüngling her, der ihr überall nachfolgte. Gegen Abend kamen sie in einen Wald, und da sah der Jüngling einen Fuchs, der sprach: »Lieber Mann! Eine Wespe ist mir in das Ohr gekrochen und verursacht mir große Schmerzen. Zieh mir die Wespe heraus!« Der Jüngling tat es, und der Fuchs sagte darauf: »Ich kann dir deine Güte mit nichts anderem vergelten, als daß ich dir etwas mitteile. Du suchst dein Glück, doch ehe du es findest, mußt du einer bösen Urme [Fee] dienen, bei der du eine Kuh mit goldenen Hörnern drei Tage hindurch auf die Weide führen mußt, aber du mußt wohl sorgen, daß die Kuh nicht ohne dich nach Hause kommt, sonst tadelt dich die Urme. Wenn es dir gelingt, die Kuh auf der Weide zu halten, so verlange als Lohn für deinen Dienst die Kappe, die hinterm Ofen am Nagel hängt. Wer diese Kappe aufsetzt, ist jedem Auge unsichtbar.« Dies sagte der Fuchs und verschwand, der Jüngling aber ergriff die blaue Blume, steckte sie in die Tasche und legte sich nieder.

Am nächsten Tag nahm er die blaue Blume wieder hervor, und als er sie vor sich herschweben sah, folgte er ihr nach. Bald kamen sie an ein großes, eisernes Haus, und die Blume sprach: »Steck mich nun in deine Tasche und nimm mich nur dann hervor, wenn ich dich rufe!« Kaum hatte der Jüngling die blaue Blume in seine Tasche gesteckt, als sich die Tür des eisernen Hauses öffnete und eine häßliche alte Frau auf der Schwelle erschien: »Was suchst du hier?« fragte die Alte.

»Ich möchte gern in den Dienst treten«, entgegnete der Jüngling.

»Gut!« antwortete die Alte. »Ich will dich in meinen Dienst nehmen. Du sollst meine Kuh mit den goldenen

Hörnern auf die Weide treiben, doch darf die Kuh nicht ein einziges Mal vor Abend und ohne dich nach Hause rennen, denn sonst muß ich dich töten. Wenn du aber dreimal mit der Kuh nach Hause zurückkehrst, kannst du dir aus meinem Hause das wählen und mitnehmen, was dir am besten gefällt.«

Der Jüngling war mit allem einverstanden und trieb die Kuh mit den goldenen Hörnern auf die Weide. Kaum war er auf der Wiese angelangt, als die Kuh schon nach Hause rennen wollte. Da nahm der Jüngling das Wolfshaar, hauchte es an, und es kam darauf der Wolf mit vielen tausend Wölfen heran, welche die Kuh umringten und nicht von der Stelle ließen. Am Abend trieb der Jüngling die Kuh nach Hause und legte sich nieder.

Am zweiten Tage geschah es ebenso, und als am dritten Tage der Jüngling mit der Kuh zur Urme kam, hieß sie ihn sich etwas aus dem Hause wählen. Er wählte die Kappe und nahm sie vom Nagel herab. Doch die Urme schrie auf und wollte sie ihm aus den Händen reißen, der Jüngling aber setzte die Kappe schnell auf seinen Kopf, und so konnte ihn die Urme nicht fangen. Als er ins Freie hinausgelangte, steckte er die Kappe in seine Tasche und hörte die Blume rufen: »Nimm mich heraus!« Er nahm sie heraus und folgte nun der schwebenden Blume nach.

Tagelang wanderte der Jüngling in der Welt herum und war schon ganz verzweifelt, als er in ein Gebirge kam. Ermüdet setzte er sich nieder und hörte die Blume sagen: »Steck mich in deine Tasche!« Er tat es und legte sich in den Schatten eines Baumes. Es war schon längst Abend geworden, und der Jüngling schlief noch immer. Der Mond schien hell und beleuchtete die grauen Felsen des Gebirges. Keinen Laut konnte man hören, das ganze Gebirge lag wie tot im tiefen Schlaf.

Da erscholl ein Schrei, und unser Jüngling erwachte. Als er erschreckt um sich blickte, bemerkte er eine große Kröte, die einen kleinen Mann, der nur zwei Spannen hoch war, am Fuße herumzerrte. Der Jüngling sprang auf und warf einen großen Stein auf die Kröte, daß sie den kleinen Mann losließ, der schnell zum Jüngling lief und ihn bat, ihn auf seinen Arm zu heben. Der Jüngling tat es, und der kleine Mann sagte: »Du hast mich gerettet, aber wohin sollen wir uns nun verbergen, denn die Kröte ist eine böse Urme, die viele hundert Kröten herbeirufen wird, die uns töten werden.« Der Jüngling nahm schnell die Kappe hervor und setzte sie auf. Kaum daß er dies getan, so rückten viele tausend Kröten heran und suchten nach dem Jüngling, doch sie konnten ihn nicht sehen.

Der Jüngling ging nun mit dem kleinen Mann weiter, und als sie in der Frühe an eine Höhle kamen, sagte der kleine Mann: »Setze mich auf den Boden nieder und folge mir nach. Ich will dich reich und glücklich machen.« Und er führte den Jüngling in die Höhle hinein, wo er an eine Felsenwand dreimal anklopfte und rief:

»Öffnet die Türe!
Gast ich jetzt führe,
Brüder, zu euch,
Öffnet mir gleich!«

Darauf öffnete sich eine Tür, und der kleine Mann sagte: »Verstecke deine Kappe, damit dich meine Brüder sehen können.«

Der Jüngling steckte die Kappe in die Tasche, und sie traten in ein schönes, hölzernes Zimmer. Von hier gingen sie in ein eisernes Zimmer, dort waren wunderschöne Flinten und Säbel ausgestellt. Nun traten sie in ein silbernes Zimmer, dort waren viele silberne Flaschen aufgestellt. Darauf öffneten sie eine Tür und traten in ein goldenes Zimmer. Dort waren viele kleine Männer um einen König versammelt, der auch so klein war wie die anderen Männer und einen langen silbernen Bart hatte. Der kleine Mann führte

den Jüngling vor den König und und sprach: »Mein gnädigster Herr König! Dieser Jüngling hat mich vom Tode gerettet. Die Urme, die im Gebirge wohnt, hat sich in eine Kröte verwandelt und mich beinahe getötet.«
Der König blickte auf den Jüngling und sprach: »Du hast meinem besten Diener das Leben gerettet. Nun will ich dich dafür belohnen und dir solche Geschenke geben, durch welche du glücklich wirst.« Und er riß sich aus dem Barte ein silbernes Haar heraus, gab es dem Jüngling und sagte: »Wenn du in Not bist, aber nur in sehr großer Not, so hauche dies Haar an, und ich werde mit meinem Volk erscheinen und dir helfen.« Dann führte er den Jüngling in das silberne Zimmer, gab ihm dort eine silberne Flasche und sagte: »Wenn du mit dem Wasser, welches nie abnimmt, einen Stein befeuchtest, so wird der sogleich zu lauterem Gold.« Nun führte er den Jüngling zurück in das eiserne Zimmer, gab ihm dort eine Flinte und sprach: »Mit dieser Flinte triffst du alles, worauf du mit ihr zielst. Nun aber lebe wohl, denn kein Erdensohn darf länger bei uns weilen.«
Hierauf führte ihn der kleine Mann hinaus und sprach: »Du wirst bald an den gläsernen Berg, in welchem ein Drache die schönsten drei Jungfrauen der Welt hütet, kommen. Wenn du dort in Not geraten solltest, so ruf uns nur zu Hilfe.« Er küßte nun den Jüngling dreimal und ging dann zurück in die Höhle. Da rief die Blume: »Nimm mich heraus!« Der Jüngling tat es und folgte der schwebenden Blume nach.
Gegen Abend kam er an einen See und legte sich am Ufer nieder. Kaum daß er sich ausgestreckt hatte, so erblickte er auf einmal drei goldene Gänse, die auf dem See herumschwammen. Der Jüngling ergriff rasch die Flinte, zielte auf die kleinste der Gänse; zwei Gänse flogen erschreckt von dannen, die kleinste aber verwandelte sich in eine schöne Jungfrau, die sagte: »Du hast mir meine mensch-

liche Gestalt wiedergegeben, die der Drache auf dem gläsernen Berge mir und meinen zwei Schwestern genommen hat. Ich will gerne dein Weib werden, wenn du auch meinen Schwestern die menschliche Gestalt wiedergibst.«
Am nächsten Tage gelangten sie an den gläsernen Berg, in welchem der Drache mit den zwei Schwestern wohnte. Da steckte der Jüngling die Blume in die Tasche zurück, nahm das silberne Haar hervor und hauchte es an. Auf einmal erschienen viele tausend Männer, deren König aber sagte: »Ich weiß, was du willst! Du möchtest in den gläsernen Berg hinein und kannst nicht. Nun, wir wollen dir ja helfen!«
Darauf begannen die kleinen Männer zu hämmern, klopfen, bohren, und in kurzer Zeit brachen sie ein großes Loch in den gläsernen Berg. Als sie mit der Arbeit fertig waren, verschwanden sie ebenso rasch, wie sie gekommen waren.
Im gläsernen Berge aber krachte und donnerte es, und zwei goldene Gänse flogen heraus. Der Jüngling ergriff die Flinte, zielte, und die Gänse fielen als zwei schöne Jungfrauen auf die Erde. Da aber kam auch der Drache hervor und stürmte auf den Jüngling los, doch dieser zielte mit seiner Flinte auf ihn, und der Drache verwandelte sich in Staub und Rauch, den der Wind brausend weiterführte. Als dies alles geschehen, flog die blaue Blume hervor und sagte: »Lebe wohl, mein Kind! Ich bin die Seele deiner gestorbenen Mutter, nun muß ich zurück in den Himmel, woher ich gekommen bin!« Darauf verschwand die blaue Blume, der Jüngling aber heiratete die jüngste der Schwestern, die zwei anderen heirateten auch gar bald, und sie lebten nun alle glücklich, reich und zufrieden beisammen.

Die drei kostbaren Dinge

Es waren einmal zwei Könige, die lebten miteinander in aller Freundschaft des Leibes und der Seele; der eine hatte drei Söhne, der andere eine Tochter. Die beiden Väter hatten miteinander die Verabredung getroffen, daß, wenn der eine stürbe, der andere dessen Waisen unter seinen Schutz nähme, und wenn dann vielleicht einer von den drei Söhnen das Mädchen zur Frau nähme, er auch deren Habe erbte. Nicht lange darauf starb der Vater des Mädchens, und sie zog hinüber zu ihrem Pflegevater, um da zu wohnen.
Kurze Zeit nachher kam der älteste Sohn und bat ihn um die Hand des Mädchens und versicherte, wenn sie ihm verweigert würde, so würde er sich das Leben nehmen. Der Vater versprach ihm über drei Wochen Antwort. Nach Verlauf einer Woche hielt der zweite Sohn um die Hand des Mädchens an, und wie's schien, hatte er auch große Lust sich zu töten, wenn er sie nicht bekäme; diesem versprach er den Bescheid in vierzehn Tagen. Als die zweite Woche zu Ende war, bat sich auch der Jüngste das Mädchen aus, und der Vater bestimmte ihm eine Woche, die Antwort abzuwarten.
Der Tag kam heran, welcher allen dreien die Entscheidung bringen sollte, und nun redete der Vater folgendermaßen zu ihnen: »Meine Söhne! Ihr liebt das Mädchen alle drei, aber ihr wißt recht gut, daß nur einer sie haben kann; ich gebe darum das Mädchen dem, der sich am würdigsten zeigt, macht euch also auf, die Welt zu durchreisen, auf welchem Wege es euch gefällt, heute über ein Jahr kommt wieder hierher; wer von seiner Reise die merkwürdigsten Dinge mitbringt, der soll das Mädchen haben.«

Damit beruhigten sich die Söhne und machten sich auf den Weg. In dem nahe gelegenen Wald unter einer großen Eiche machten sie dann halt: Hier teilte sich der Weg nach drei Seiten: Der Älteste wählte den Abend, die Mittagsseite der zweite, der dritte aber ging nach Morgen. Sie schieden mit dem Versprechen, über ein Jahr auf denselben Tag alle hier wieder zusammenzukommen und dann gemeinschaftlich nach Hause zu ziehen.
Der Älteste nahm alles in Augenschein, was ihm auf der Reise Merkwürdiges aufstieß, und scheute keine Mühe, etwas Ausgezeichnetes ausfindig zu machen. Nach vielen Kreuzundquerzügen schaffte er sich zuletzt ein Fernrohr an, mit dem man bis ans Ende der Welt sehen konnte. Das wollte er seinem Vater als Merkwürdigkeit mitbringen. Auch der zweite wandte allen Fleiß an, so merkwürdige Dinge zu erwerben, durch die ihm der Sieg gewiß wäre; nach vielem Suchen fand er einen Mantel; wenn man sich in den gehüllt hatte, brauchte man sich nur an einen beliebigen Ort zu denken, so war man dort. Der Jüngste erstand nach langem Umherirren eine Pomeranze von der Eigenschaft, daß sie einen Toten, wenn es noch nicht vierundzwanzig Stunden seit seinem Tode her war, wieder ins Leben zurückrief, sobald sie ihm einer unter die Nase hielt. Das waren die Merkwürdigkeiten, welche die drei nach Hause brachten.
Weil nun auch das Jahr zu Ende ging, so waren der Älteste und der Jüngste schon auf dem Wege zu der verabredeten Eiche, nur der Mittlere hielt sich noch hier und dort auf, weil für ihn eine Minute schon genug war, ihn an den bestimmten Ort zu bringen. Als nun die beiden bereits unter dem genannten Eichbaum angekommen waren und gleich darauf auch der dritte, so zeigten sie einander die erworbenen Gegenstände; zuerst untersuchten sie das Fernrohr und sahen darin zu ihrem großen Schrecken, daß die Jungfrau, um derentwillen sie ein Jahr lang sich gequält hatten,

tot lag. Schnell hüllten sich alle drei in den Mantel und wurden schnell wie ein Gedanke heimgetragen.
Der Vater erzählte ihnen unter Wehklagen, wie das Mädchen nun keinem von ihnen angehören könnte, weil sie gestorben wäre. Sie fragten: »Wann?« und da die vierundzwanzig Stunden noch nicht ganz abgelaufen waren, trat der Jüngste schnell an sie heran und rief die schon gestorbene Jungfrau mit Hilfe seines Zauberapfels wieder ins Leben zurück.
Jetzt entstand unter den drei Jünglingen wieder Streit und Zwietracht; der Älteste schrieb sich das größte Verdienst zu, denn er sagte so: Wenn er sie nicht mit dem Fernrohr gesehen hätte, so hätten sie noch, wer weiß wie lange, unter dem Baume gesessen, dann wäre die Hilfe der Orange zu spät gekommen. Der zweite sagte: Wenn er nicht mit seinem Mantel sich und seine Brüder so schnell heimgebracht hätte, so würde die Pomeranze wieder nichts habe helfen können. Der dritte dagegen nahm den Ruhm der Auferweckung des Mädchens für sich in Anspruch und somit das größte Verdienst.
Also wurden die Weisen und Alten des Königreichs zusammenberufen, und diese sprachen das Mädchen dem Jüngsten zu. Dabei beruhigten sich endlich alle drei und vergaßen ihre Totschlagspläne; der Älteste erguckte sich mit seinem Sehrohr die schönste Prinzessin und heiratete sie. Der zweite vernahm gleichergestalt den schönheits- und tugendreichen Ruf einer andern, dachte sich mit seinem Mantel hin, und so führten sie alle drei ihre erworbenen Frauen zufrieden heim und waren so glücklich mit ihnen wie's Menschen überhaupt sein können.

Nichts

Es lebte in einem Dorf ein Mann, der sehr arm war und trotzdem nur so viel arbeitete, als er eben mußte, um nicht vor Hunger zu sterben. Er galt unter den Leuten als sehr kluger Mann, der ein rechter Tausendkünstler war und beinahe alle Handwerke verstand. Gestern arbeitete er beim Schmied, heute beim Tischler und morgen beim Schneider, aber überall nur so lange, bis er sich einige Kreuzer verdient hatte, für die er sich dann Speisen kaufte, welche er verzehrte, und dann ging er nach Hause und legte sich nieder. Sein Haus war groß und schön, aber leer, denn er schaffte sich nichts an und lebte von einem Tage zum andern. Einmal lag er wieder in seiner Hütte und schlummerte. Da trat ein dicker, fetter Mann, der ganz nackt war, in die Stube und sagte: »Du bist mein bester Kamerad! Du hast nichts, ich hab nichts. Du brauchst nichts, ich brauch nichts und ich heiße noch obendrein Nichts! Bei dir gefällt es mir, und ich werde von nun an bei dir wohnen.«

Der Mann betrachtete sich inzwischen den Fremden und sah, daß derselbe so durchsichtig war wie eine blanke Fensterscheibe. Er sagte: »Wenn du kein Essen und Trinken benötigst, so kannst du dein Leben lang hierbleiben; aber für dich will ich das Essen und Trinken nicht auch besorgen!«

Der Fremde erwiderte: »Ich habe dir schon gesagt, daß ich nichts habe und nichts benötige, und wie ich sehe, bei dir auch nichts finde, denn sonst wäre ich auch nicht zu dir gekommen. Ich suche mir nur bei solchen Leuten eine Wohnung, die nichts haben und nichts brauchen, denn

mein Name ist Nichts.« Darauf machte er sich's im leeren Zimmer recht bequem und legte sich nieder.
Der Mann ging nun, wie gewöhnlich, auf die Arbeit, und sobald er einige Kreuzer verdient hatte, kaufte er sich Eßwaren, verzehrte dieselben und legte sich in seiner Hütte nieder. So ging das eine Zeitlang, bis endlich der Mann bemerkte, daß Herr Nichts täglich immer dicker und fetter wurde, so daß er beinahe schon die ganze Stube mit seinem Körper ausfüllte und für seinen Wirt kaum einen Winkel frei ließ. Dies ärgerte den Mann, und einmal sagte er zum Nichts: »Hör mal, Kamerad! Du wirst von Tag zu Tag immer dicker, und bald werde ich in meiner eigenen Wohnung keinen Platz mehr finden, wohin ich mich legen kann.«
Nichts gähnte und sprach: »Geht mich gar nichts an! Kann nichts dafür!« Bald wuchs Herr Nichts so sehr heran, daß der Mann in seiner Stube kaum mehr stehen, noch weniger sitzen oder liegen konnte.
Da geschah es, daß unser Mann sich in ein schönes Mädchen verliebte und dies zu seiner Frau begehrte; aber die Eltern der Maid sagten: »Wir möchten dir ja gerne unsere Tochter zur Frau geben; du bist klug und bist ein Tausendkünstler, aber du hast nichts und willst dir auch nichts anschaffen. Dein Zimmer ist leer, dein Stall ist leer, deine Scheune ist leer, dein Keller ist leer, dein Aufboden ist leer. Schaffe dir zuerst alles Nötige an, dann werden wir dir unsere Tochter schon geben.«
Da begann unser Mann fleißig zu arbeiten. Tag und Nacht sah man ihn bei der Arbeit und gar bald schaffte er sich ein Hausgerät nach dem andern an, ein Kleidungsstück nach dem andern, ein Vieh nach dem andern, und je mehr er sich anschaffte, desto magerer und kleiner wurde Herr Nichts, so daß er zuletzt in einer Ecke des Herdes Platz für sich fand. Als nun unser Mann kein Plätzchen mehr fand, weder in der Stube, noch im Keller oder Aufboden, weder in

der Scheune noch im Stalle, wohin er noch etwas hätte unterbringen können, ging er zu den Eltern seiner Geliebten und erhielt nun diese zur Frau. Als er nach der Hochzeit mit seinem jungen Weibe in das Zimmer trat, war Herr Nichts verschwunden und hatte sich bei einem andern Mann eingenistet.

Unsinnsmärchen

Als mein Märchen anfing, war ich schon 366 Jahre alt, und mein Vater wurde gerade geboren. Ich ging nach der Arbeit nach Hause und habe meine Mutter gefragt: Wer ist dieser Gast? Sie hat gesagt: Mein Sohn, das ist dein Vater, er ist gerade auf die Welt gekommen. Ich wurde ärgerlich wegen dieser Antwort und ging zum Pferdestall, fing den Schimmel, sattelte den Braunen, sprang auf den Rappen und ritt weg, voller Ärgernis bis zum Abend. Dann nahm ich das eine Pferd als Kopfkissen, das andere als Matratze, das dritte als Decke für mich. Ich schaute herum und sah, daß ein Hochwasser nahte. Ich fand in meinem Fellmantelärmel (szürmantel) einen Haselnußbaum, ich fand in dem anderen Ärmel ein Klappmesser aus Holz, damit habe ich den Baum entzweigeschnitten und konnte darauf so gut schiffen, bis ich nicht weiterkam. Ich ging zum Kürbisacker, schüttelte dort den Haselnußbaum, und das Kraut davon ist auf meinen Kopf gefallen. Da kam dorthin ein alter Mann, der sagte mir, die Zwiebeln hier wurden nicht für dich gepflanzt, du sollst also nicht die gelben Rüben essen, dann hat er mir eine Melone an den Kopf geworfen, so bekam ich viele Schläge mit dem Beilstiel.

Nachwort

Die Märchen waren einmal die Schlüssel zur Welt. Hätten wir sie rechtzeitig kanonisiert – uns wäre zwischen Unterbewußtsein und Himmelsgewölbe eine Menge Wohnraum erhalten geblieben.
Wolfdietrich Schnurre, Der Schattenfotograf

Es ist sicher nicht verwunderlich, wenn man feststellt, daß viele der hier versammelten ungarischen Märchen internationales Erzählgut und einzelne Motive ubiquitär, d. h. auf der ganzen Welt, verbreitet sind. Einige Beispiele mögen dies belegen. Das Märchen »Der mitleidige Kaufmann« besitzt eine kulturgeschichtlich sehr interessante Tradition. Seine frühesten Belege gehen bis in das 13. Jahrhundert zurück, und das Hauptmotiv, die Bestattung eines unbekannten Toten, der im Verlauf des Märchens seine Dankbarkeit beweist, ist noch sehr viel älter. Nach diesem Motiv hat die Erzählforschung den Typus »Der dankbare Tote« genannt. Es hat viel Ähnlichkeit mit der Tobiasgeschichte im Alten Testament. Hinter dem Bestattungsmotiv steht der bei fast allen Völkern verbreitete Glaube, daß ein Toter erst dann ins Jenseits eingehen kann, wenn sein Körper bestattet ist. Bekannt ist die Erzählung nicht zuletzt durch Hans Christian Andersens Märchen »Der Reisekamerad« geworden. Bei Andersen ist das Märchen vom »dankbaren Toten«, das er auf Fünen gehört hatte, freilich nur der Ausgangspunkt für die weiteren Abenteuer seines Hel-

den. Auch das Märchen von »Marsi« gehört zu diesem Typus.
In dem Märchen von den »drei Flüchtlingen« wird das antike Polyphem-Motiv als eine Episode auf der Flucht der drei Gesellen eingefügt. Wie in der Odyssee blenden sie den einäugigen Riesen, der sie in seiner Höhle bewacht, und entkommen wie einst Odysseus mit seinen Gefährten, indem sie sich an den Schafen festklammern, die an dem Riesen vorbei aus der Höhle laufen.
Eine schöne Version des Märchens vom gestiefelten Kater ist das siebenbürgische Märchen vom »Federkönig«. In der Erstausgabe der »Kinder- und Hausmärchen« (KHM) von 1812 ist es als Nr. 33 enthalten. Da es aber nach Meinung der Brüder Grimm aus dem Französischen stammt, nämlich aus Charles Perraults Sammlung (Chat botté), übernahmen sie es nicht mehr in spätere Auflagen ihrer Sammlung. An das Grimmsche Märchen vom »Eisenhans« erinnert das hier abgedruckte Märchen »Der behaarte Mann«, das erst 1850 in die KHM aufgenommen wurde. Es wird auch als das »Grindkopfmärchen« oder als Märchen vom »Goldener« bezeichnet. Einzelne Züge dieses Märchens lassen sich bis ins Mittelalter zurückverfolgen, so wird eine ähnliche Geschichte im 13. Jahrhundert in der »Heimskringla« (Snorri Sturluson) erzählt, wo der König einen Zauberer gefangenhält, um sein prophetisches Wissen zu nutzen. Sein Sohn läßt ihn frei, geht mit ihm und wird von ihm erzogen, bis er den Thron des Vaters übernimmt. In der modernen Diskussion ist gerade das Märchen vom »Eisenhans« zum Symbol der »Befreiung des Mannes« geworden.
Eines der auch in der Literatur bekanntesten Märchen verbirgt sich unter dem Titel »Die redende Weintraube, der lachende Apfel und der klingende Pfirsich«, es ist das berühmte Märchen, das besser unter seinem französischen Titel »La belle et la bête« bekannt ist und bei den

Brüdern Grimm als KHM 88 »Das singende springende Löweneckerchen« erscheint, wobei Löweneckerchen von dem niederländischen Wort Leuwerik, Lerche, abgeleitet ist.
In dem Märchen »Das verstoßene Mädchen« wird das schon im 11. Jahrhundert bekannte volkstümliche Märchenmotiv von der Prüfung der töchterlichen Liebe behandelt. Die jüngste Tochter erwidert auf die Frage des Vaters, wie sehr sie ihn liebe, sie liebe ihn wie das Salz, woraufhin er sie verstößt. Erst als er den Wert des Salzes am eigenen Leibe erlebt, wird ihm die hintergründige Klugheit und Aufrichtigkeit ihrer Antwort bewußt. Shakespeare hat diesen Stoff seiner Tragödie von König Lear zugrunde gelegt, wo die jüngste Tochter Cordelia heißt.
Schließlich sei noch ein schwankhafter Stoff erwähnt, der seit Jahrhunderten nicht nur in den europäischen Ländern, sondern auch im Orient bekannt und beliebt ist. Es ist das Motiv von der viermal getöteten Leiche, das in dem Märchen »Die geizige Bäurin« verarbeitet ist. Letzten Endes geht es in der etwas makabren Erzählung darum, den Leichnam eines Menschen, der absichtlich oder unabsichtlich erschlagen wurde, so zu beseitigen, daß ein anderer meint, er habe ihn umgebracht. So wird die Leiche immer wieder aufs neue getötet, bis sie schließlich ihre Ruhe findet. Vermutlich stammt der Stoff aus dem Orient, wo sie mit der »Geschichte des Buckligen« in den Erzählungen aus *Tausendundeine Nacht* zu literarischen Würden gekommen ist.
Schließlich wurden drei Märchen der ungarischen Zigeuner aufgenommen, die lange vor dem Ersten Weltkrieg von einem der besten Kenner der Zigeunerfolklore, Heinrich von Wlislocki, in Ungarn aufgezeichnet wurden. Hier treten wir in eine andere Welt der Geister und Dämonen ein, in der ein Totendämon herrscht und die Urmen und Phuvusche ihr Unwesen treiben. In dem Märchen »Die

Braut des Phuvusch« heiratet ein Zigeunermädchen einen Unterirdischen, denn genau wie in den mitteleuropäischen Volkserzählungen verlangen die Unterirdischen und Wassergeister nach den Seelen der Menschen. »Phuvusche sind«, wie Wlislocki schreibt, »unterirdische Wesen von menschlicher Gestalt. Sie haben unter der Erde ganze Städte und kommen oft auf die Oberfläche der Erde. Sie sind häßlich; die Männer mit Haaren bedeckt. Oft rauben sie Jungfrauen, die sie sich dann zu Frauen nehmen.«

Die übernatürliche Herkunft der Phuvusche zeigt sich daran, daß ihr Leben im Ei einer schwarzen Henne verborgen ist (was wiederum an ein anderes international verbreitetes Märchenmotiv erinnert: Das Herz des Unholdes im Ei), und nur wer die Henne tötet und das Ei in ein fließendes Wasser wirft, kann den Phuvusch töten.

Den Abschluß bildet ein Lügen- oder besser gesagt Unsinnsmärchen, das sich in grotesken Unmöglichkeiten überbietet – so wie es ein Bauernbursche, der unter der k.u.k. österreichisch-ungarischen Monarchie diente, sich ausdenken konnte. Damit haben wir nur einige Motive erwähnt, die international verbreitet sind und die in den ungarischen Märchen ihre Aneignung und genuin magyarische Ausprägung gefunden haben. Märchen sind internationales Erzähl- und Kulturgut, und gerade die unter dem prägenden Eindruck einer spezifischen Volkskultur umgeformte Version eines internationalen Typus vermittelt dem Leser etwas von der Eigenart und den Vorstellungen eines Volkes.

Die erste Sammlung ungarischer Märchen erschien in deutscher Sprache, es war die 1822 erschienene Ausgabe »Mährchen der Magyaren« des Wiener Bibliothekars György (Georg) Gáal (1783–1855), der im Dienste des Fürsten Esterházy stand. Er hatte die meisten Märchen im

Laufe von zehn Jahren bei den in Wien stationierten Soldaten eines großkumanischen (ungarischen) Husarenregiments gesammelt. Gáal bezieht sich in seiner Einleitung auf die »Kinder- und Hausmärchen« der Brüder Grimm, die einige Jahre zuvor (1812/14) erschienen waren, und betont, es sei ihm nicht gelungen, ähnlich ergiebige Märchenerzähler zu finden, wie es den Grimms mit ihrer Frau Viehmännin gelungen war. Von seiner insgesamt 80 Texte umfassenden Sammlung publizierte Gáal 1822 nur 17 Märchen. G. Stier übersetzte weitere Märchen aus Gáals Sammlung ins Deutsche, die er 1857 veröffentlichte. Da dies die ersten gedruckten Märchen aus Ungarn waren, prägten sie lange das Bild der deutschsprachigen Philologie über das nichtindogermanische Märchengut.

Ähnlich wie Wilhelm Grimm die Kinder- und Hausmärchen hat auch Gáal seine Märchen stilistisch stark überarbeitet, trotzdem besitzt diese Sammlung volkstümliche Züge, was vor allem in den Zaubermärchen zum Ausdruck kommt.

Auch die nächste Sammlung ungarischer Märchen von Johann Graf Mailáth erschien 1825 in deutscher Sprache unter dem Titel »Magyarische Sagen und Mährchen« in Brünn (Brno). Sie wurde 1837 von Cotta in Stuttgart und Tübingen in erweiterter Form in zwei Bänden neu aufgelegt. Diese Erweiterung ging jedoch auf Kosten der Authentizität der Märchen, da zahlreiche Übernahmen und Änderungen im Stil der zeitgenössischen deutschen Sammlungen, insbesondere in Anlehnung an Musäus, den Wert der Sammlung beeinträchtigten.

Nachdem, ähnlich wie in Deutschland, auch in Ungarn um die Mitte des 19. Jahrhunderts zahlreiche literarisch überarbeitete Märchensammlungen erschienen, setzte sich in der Folge die Hinwendung zur mündlichen Erzählung durch, die mehr oder weniger die authentische Erzählsituation, den Duktus des Erzählens durchscheinen las-

sen. Einer der wenigen, der solcherart vorging, war der aus Siebenbürgen stammende Janos Kriza, der als Theologiestudent in Berlin sich mit den Ideen Herders auseinandergesetzt und seit 1842 Märchen gesammelt hatte.
Gegen Ende des 19. Jahrhunderts wurde die Sammel- und Publikationstätigkeit ungarischer Volksmärchen intensiviert, es erschienen mehrere Sammlungen, die »mehr und mehr von echtem Ton und von beruhigender Genauigkeit der Aufzeichnungen« zeugen, wie G. Ortutay bemerkt.
Mit der Gründung der »Ungarischen Ethnographischen Gesellschaft« (1889) wurde die Sammlung von Volkserzählungen, insbesondere von Märchen, intensiviert bzw. systematisch fortgeführt. Zwischen 1872 und 1924 erschienen vierzehn Bände der »Sammlung Ungarischer Volksdichtung«. Erstmals versuchte man die Texte phonetisch getreu wiederzugeben.
Nun erscheinen auch die ersten theoretischen Schriften zur ungarischen Volkserzählung und insbesondere zum Märchen, die allerdings weitgehend unter dem Einfluß der mythologisierenden Deutungen der Brüder Grimm stehen.
Im Jahr 1901 gab Elisabeth Sklarek eine Auswahl »Ungarische Volksmärchen« heraus. Die Mehrzahl der insgesamt 48 Märchen sind der Zeitschrift »Magyar Nyelvör« sowie der »Sammlung Ungarischer Volksdichtung« entnommen.
Aus dem »Kreis der ungarländischen Deutschen« erschien 1906 wiederum in deutscher Sprache bzw. in dem Dialekt der in und um Sopron (Ödenburg) lebenden »Heanzen« die berühmte Sammlung von Reinhard Bünker, »Schwänke, Sagen und Märchen in heanzischer Mundart«, die er von dem alten Straßenkehrer Tobias Kern in Sopron aufgezeichnet hatte.
Nach dem Ersten Weltkrieg wandte sich die ungarische Märchenforschung neben der Sammlung und Edition

mehr und mehr theoretischen Arbeiten zu. Es entstanden Typenkataloge, und man befaßte sich mit dem Vorgang des Erzählens (Performanz) und der Person des Erzählers sowie seinem Erzählrepertoire. Nun wird das gesamte Erzählgut kleinerer ethnischer Einheiten aufgezeichnet und für vergleichende Forschungen im internationalen Rahmen bereitgestellt. Fragen wie die nach Gesetzmäßigkeiten im Märchenerzählen, den Wegen der Tradierung, des Verhältnisses von Gemeinschaft und Individuum stehen im Vordergrund des Forschungsinteresses.
Viele Texte sind noch unveröffentlicht, andere, wie die Sammlung von Gáal, bedürften einer Neuausgabe, die auf den Urtext zurückgeht. Wenn diese Arbeit in Angriff genommen werden kann, ist noch mit großen Überraschungen zu rechnen.

Die ungarischen Märchen sind durch ihren dramatischen Aufbau und ihren dialogischen Charakter gekennzeichnet. Nur selten finden wir eine bloß referierende Handlungsdarstellung. Der Erzähler spricht meist durch die Personen seines Märchens, in dem er die Stimme und den Tonfall wechselt und so Spannung erzeugt. Wenn diese sprachlichen und paralinguistischen Komponenten auch nicht in jedem Falle in die schriftliche Wiedergabe der Märchen eingehen können, so bleibt doch ihr dramatischer Aufbau und der lebendige Vortrag im wesentlichen erhalten. Einzelheiten werden oft in einer breiten Ausführlichkeit liebevoll und detailliert dargeboten. Oft werden auch, wie im deutschen Märchen, verschiedene Motive aus anderen Märchen entlehnt und in bekannte Typen eingefügt. Hervorzuheben ist die Anschaulichkeit und Farbigkeit des ungarischen Märchens, das sehr verschiedene Kultureinflüsse nicht nur von den Turkvölkern aufnahm, sondern auch von innerasiatischen, kaukasischen und iranischen wie auch altslawischen Elementen geprägt ist.

In den ungarischen Märchen *(mese)* treffen sich westeuropäische Motive mit östlichen, Zaubermärchen mit schamanistischen Traditionen, slawische Elemente mit finnougrischen.
Dies erklärt auch den Formenreichtum dieser Märchen sowie ihre, bei aller Wundergläubigkeit, realistischen Züge. Durch Herkunft und Erzähler ist das ungarische Märchen, und damit steht es den mitteleuropäischen Märchen nahe, mit der Welt der ungarischen Bauern und Hirten verbunden; selbst das Leben am königlichen Hof gleicht letzten Endes mehr dem Leben auf dem Hofe eines Großbauern als dem in einem glänzenden Palast.
Auch die Eingangs- und Schlußformeln werden sehr phantasievoll variiert. In einigen Märchen sind gerade die Eingangsformeln von besonderem Interesse. So wird von einem fernen Land erzählt, das weit hinter dem »Operenzmeer« liege. Die volkstümlich verballhornte Bezeichnung meint die österreichische Region »ob der Enns«, eine Bezeichnung, die heute noch gebräuchlich ist und die für die zeitgenössischen Untertanen der österreich-ungarischen Monarchie eine märchenhafte Entfernung bedeutete. Wie gerade diese Bezeichung in das Märchen eingedrungen ist, läßt sich kaum mehr feststellen; vielleicht ist es nur der sprachliche Klang dieser Wortfügung, die bei den ungarischen Märchenerzählern Assoziationen von einem fernen märchenhaften Land weckten.
Das ungarische Märchen ist gewissermaßen ein Produkt west-östlichen Kulturaustausches, in das über Jahrhunderte hinweg viele Strömungen zu einer Synthese gefunden haben; dies erklärt zugleich Ähnlichkeiten wie Unterschiede zu dem mitteleuropäischen Erzählgut sowie seine Vielschichtigkeit. Diese Vielschichtigkeit und der erwähnte Formenreichtum drückt sich in der Vielfalt der Märchenarten aus; neben dem hohen Anteil an Feen- und Zaubermärchen treffen wir auf legendenartige Märchen,

Tiermärchen, Novellenmärchen, Scherzmärchen, Lügenmärchen, Ketten- und Formelmärchen, Ortsspott und Schwankmärchen, die sich in charakteristischen Zügen und oikotypischen Eigenheiten von der west- und mitteleuropäischen Märchenüberlieferung unterscheiden.
Wenn man Herders Anschauungen folgen will, so vermitteln diese Märchen durchaus einen Eindruck von der spezifischen Mentalität (um den Begriff »Volkscharakter« zu vermeiden) des ungarischen Volkes. In jedem Falle geben sie ein Bild der Lebensumstände und der Denkweise der ungarischen Märchenerzähler, die, wie überall, meist aus den unteren Schichten stammen und deren Gerechtigkeitsgefühl sich in einer normativen Wunschwelt manifestiert, einer Vorstellung der Welt, wie sie sein sollte.

Innsbruck, im Oktober 1994 Leander Petzoldt

Quellenverzeichnis

Der Erbsenfinder (Leo Smolle, Sagenbuch aus Österreich und Ungarn, Wien/Budapest/Stuttgart, o. J, S. 189–193)

Die sechs Drachen (G. Stier, Ungarische Volksmärchen, Pesth 1857, S. 1–15, Nr. 1)

Der reiche Krämer (Elisabeth Rona-Sklarek, Ungarische Volksmärchen, Leipzig 1909, S. 261–267, Nr. 26)

Die verwandelten Kinder (G. Stier, Ungarische Volksmärchen, Pesth 1857, S. 55–61, Nr. 7)

Der Federkönig (J. Haltrich, Sächsische Volksmärchen aus Siebenbürgen, ed. H. Markel, Bukarest 1971, S. 60–64, Nr. 13)

Die drei Flüchtlinge (G. Stier, Ungarische Volksmärchen, Pesth 1857, S. 146–153, Nr. 14)

Das Hirsekorn (Leo Smolle, Sagenbuch aus Österreich und Ungarn, Wien/Budapest/Stuttgart, o. J, S. 186–189)

Der mitleidige Kaufmann (G. Stier, Ungarische Volksmärchen, Pesth 1857, S. 153–167, Nr. 15)

Der Königssohn, der sich nach Unsterblichkeit sehnte (Elisabeth Sklarek, Ungarische Volksmärchen, Leipzig 1901, S. 1–14, Nr. 1)

Die geizige Bäurin (Georg von Gáal, Märchen der Magyaren, Wien 1822, S. 276–289)

Die sieben Wildgänse (Elisabeth Sklarek, Ungarische Volksmärchen, Leipzig 1901, S. 79–84, Nr. 7)

Der behaarte Mann (Elisabeth Sklarek, Ungarische Volksmärchen, Leipzig 1901, S. 130–135, Nr. 13)

Der Aschenbrödel (Leo Smolle, Sagenbuch aus Österreich und Ungarn, Wien/Budapest/Stuttgart, o. J, S. 182–185)

Der Rohrstengel (J. Haltrich, Sächsische Volksmärchen aus Siebenbürgen, ed. H. Markel, Bukarest 1971, S. 213–216, Nr. 43) (= Sklarek 1901, 195 ff.)

Das verstoßene Mädchen (Elisabeth Sklarek, Ungarische Volksmärchen, Leipzig 1901, S. 248–251, Nr. 34)

Marsi (G. Stier, Ungarische Sagen und Märchen, Berlin 1850, S. 110–122, Nr. 16)

Die redende Weintraube, der lachende Apfel und der klingende Pfirsich (G. Stier, Ungarische Sagen und Märchen, Berlin 1850, S. 56–60, Nr. 8)

Die Braut des Phuvusch (Heinrich von Wlislocki, Vom wandernden Zigeunervolke, Hamburg 1890, S. 386–390)

Eisen Laczi (Joh. Graf Mailáth, Magyarische Sagen und Mährchen, Brünn 1825, S. 199–212, Nr. X)

Das kleine Zauberpferd (G. Stier, Ungarische Sagen und Märchen, Berlin 1850, S. 28–34, Nr. 4)

Vom weisen Peter (Georg von Gáal, Märchen der Magyaren, Wien 1822, S. 290–312)

Die beiden jüngsten Königskinder (G. Stier, Ungarische Sagen und Märchen, Berlin 1850, S. 71–79, Nr. 11)

Die Blume des Glücks (Heinrich von Wlislocki, Vom wandernden Zigeunervolke, Hamburg 1890, S. 379–384)

Die drei kostbaren Dinge (G. Stier, Ungarische Sagen und Märchen, Berlin 1850, S. 61–65, Nr. 9)

Nichts (Heinrich von Wlislocki, Märchen und Sagen der transsilvanischen Zigeuner, Berlin 1806, S. 109 ff., Nr. 46)

Unsinnsmärchen (Original: Soldatenmärchensammlung »Közvitézek meséi«), Wien um 1819–20. Manuskriptarchiv der Ungarischen Akademie der Wissenschaften, Budapest; erschien im Folklorelesebuch für Universitätshörer (A magyar népköltészet, Budapest 1969, S. 351) als Übungstext. Der Text hat eine ungewöhnliche Orthographie und Schreibweise. Ich verdanke ihn meinem Freund, Prof. Vilmos Voigt, Budapest.

Weiterführende Literatur

Bolte, Johannes und Georg Povlika: Anmerkungen zu den Kinder- und Hausmärchen der Brüder Grimm, 5 Bde., Leipzig 1913–1932

Gáal, Georg von: Märchen der Magyaren, Wien 1822

Haltrich, Josef: Sächsische Volksmärchen aus Siebenbürgen, ed. H. Markel, Budapest 1971

Haltrich, Josef: Deutsche Volksmärchen aus dem Sachsenlande in Siebenbürgen, Wien 1882

Jones, Henry and L. L. Kropf: The Folk-Tales of the Magyars, London 1889

Kormos, Istvan: Die goldene Tulpe. Märchen aus Ungarn, Budapest 1962

Kovacs, Agnes: Ungarische Volksmärchen, Düsseldorf 1966

Lüthi, Max: Das Volksmärchen als Dichtung. Ästhetik und Anthropologie, Köln 1975

Lüthi, Max: Das Europäische Volksmärchen, Tübingen 1985

Mackensen, Lutz: Der singende Knochen, Helsinki 1923

Mackensen, Lutz (Hrsg.): Handwörterbuch des deutschen Märchens, 2 Bde., Berlin/Leizpig 1930/40

Mailáth, Joh. Graf: Magyarische Sagen und Mährchen, Brünn 1825

Petzoldt, Leander: Volksmärchen. Mit Materialien, Stuttgart 1982

Petzoldt, Leander: Märchen, Mythos, Sage. Beiträge zur Literatur und Volksdichtung, Marburg 1989

Petzoldt, Leander: Kleines Lexikon der Dämonen und Elementargeister, München 1990

Petzoldt, Leander: Märchen aus Österreich, Frankfurt 1992

Petzoldt, Leander: Märchen von Tieren, München 1993

Rona-Sklarek, Elisabeth: Ungarische Volksmärchen, Neue Folge, Leipzig 1909

Sklarek, Elisabeth: Ungarische Volksmärchen, Leipzig 1901

Smolle, Leo: Sagenbuch aus Österreich und Ungarn, Wien/Budapest/Stuttgart, o. J.
Stier, G.: Ungarische Sagen und Märchen, Berlin 1850
Stier, G.: Ungarische Volksmärchen, Pesth 1857
Suchier, Walter: Der Schwank von der viermal getöteten Leiche in der Literatur des Abend- und Morgenlandes, Halle 1922
Wlislocki, Heinrich von: Märchen und Sagen der transsilvanischen Zigeuner, Berlin 1806
Wlislocki, Heinrich von: Vom wandernden Zigeunervolke, Hamburg 1890
Wlislocki, Heinrich von: Märchen und Sagen der Bukowinaer und Siebenbürger Armenier, Hamburg 1891